오늘도 아픈 그대에게

오늘도 아픈 그대에게

송월화 지음

어쩌다 보니, 004

차례

병동

나는 겁이 많은 사람이다. 이렇게 자신을 정의하는 데까지, 오랜 시간이 걸렸지만 많은 경험을 통해 이 가정을 인정하기로 했다. 사실 나는 벌레도 잘 잡고, 쉽게 놀라지 않으며, 부당한 일에는 이의를 제기한 적도 있어서 스스로 꽤 용감한 사람이라고 생각했다. 무엇보다 사람들이 생각하는 의사의 모습은 환자의 생명이 위협받는 상황에서도 냉정하고 과감하게 환자를 구해내기 때문에 겁과는 거리가 있다고 생각된다.

나는 어릴 때부터 작가가 되고 싶었다. 아버지는 사업을 하셨는데, 일이 잘될 때는 집에 가사나 운전을 대신해주시는 분이 있었다가, 일이 잘되지 않을 때는 집안 물건에 빨간딱지가 붙고 경찰들이 와서 아버지를 찾았다. 빨간딱지를 붙이는 아저씨들을 피해 아끼는 장난감을 숨기면서, 나는 매달 같은 돈을 받는 직업을 가져야겠다고 다짐했다. 돈이 없으면 사라지는 평화가 무서웠다.

나는 위로 언니가, 아래로는 남동생이 있었다. 아무래도 언니나 남동생만큼 관심받기가 쉽지 않았다. 그래서 스스로 문제를 해결하면 받게 되는 칭찬을 좋아하다 못해 집착했던 것 같다. 누군가에게 도움을 요청해야 하는 상황에서는 상대방이 나를 귀찮아할까 봐 걱정을 먼저 했다. 그런데 그러다 보니 점점 사람을 대하는 게 어려워졌다. 도와주고 베푸는 것은 어렵지 않은데 도움을 요청하고 받을 줄을 모르니 관계가 조금씩 틀어졌다. 상대방의 칭찬에는 과하게 들뜨고 상대방의 비난에는 크게 상처받았다. 이렇게 관계가 어렵다 보니 아예 혼자 있는 것을 좋아하게 됐다. 이 습관은 사실 지금도 많이 남아있다.

사람을 좋아하지만, 만나는 것은 겁이 나서 책을 더 많이 읽게 되었다. 책을 읽으면 상대방이 나를 싫어하지는 않을까 걱정하지도 않아도 되었고, 그 사람 안에 있는 생각을 더 깊이 알 수 있었다. 하지만 의과대학

시절에는 교과서를 너무 많이 읽어서 휴식 때에는 일절 활자를 읽지 않았다. 최근 다시 책을 즐겨 읽게 되면서 시험을 위해 하는 독서와 작가와의 소통을 위해 하는 독서는 분명한 차이가 있다는 것을 알았다. 사람에 비유하자면 전자는 나에 대해 완벽히 기억해달라고 닦달하는 친구이고, 후자는 네가 편할 때 천천히 대화하자고 기다려주는 친구이다. 흥미 없는 이야기는 흘려 듣기도 하고, 감명받은 이야기는 두 번 세 번 이야기해 달라고 졸라도 흔쾌히 이야기해 주는 그런 친구. 그렇게 진짜 책 읽기를 하다 보니, 잊고 지냈던 작가의 꿈이 조금씩 떠올랐다.

나는 여전히 겁이 난다. 내 책을 보는 사람이 내 생각이 옳지 않다고 생각하면 어쩌나, 내가 좋지 않은 의사라고 여기면 어쩌나, 내가 시간을 빼앗았다고 생각하면 어쩌나, 하고. 하지만 이렇게 겁 많은 사람도 생각을 표현하고, 목숨을 구하기도 한다고 작은 소리를 내보고 싶어졌다.

초고를 주변에 보여주고 많이 받았던 피드백은 글이 너무 짧고 핵심적이라는 지적이었다. 길게 쓰면 상대방이 지루할까 봐, 또는 나의 별로인 인성이 드러날까 봐 눈치를 보며 짤막짤막하게만 쓴 것이 들통난 것이다. 물론 짧게 결론만 말하는 의사의 직업병일 수도 있다. 피드백을 받고 나는 좀 더 솔직해지기로 했다. 듣는 사람이 조금 지루해해도, 나랑 성격이 안 맞는다고 판단하더라도 미주알고주알 내 생각을 이야기해 보기로 했다. 그것이 글쓰기가 가질 수 있는 특권이니까.

다른 나라의 속담 중에 '독서는 다른 사람의 뇌로 살아보는 것이다'라는 말이 있다고 한다. 내 글을 통해 독자들이 내과 의사로 살아보고, 겁 많은 사회 초년생으로 살아보고, 어린아이의 엄마로 살아볼 수 있다면 더 바랄 것이 없을 것이다.

당
직
실

첫 출근

새로운 것을 만나면 두근거리고 신나는 사람도 있지만, 나는 두렵고 긴장을 많이 하는 쪽이었다. 그런 의미에서 인턴 첫 근무일은 생각만 해도 눈앞이 깜깜해진다. 하필 3월 1일 삼일절이어서 당직자만 출근을 했기 때문에 도움을 요청할 사람이 많지 않았다. 그때 당시 인턴은 입원 환자의 정맥 채혈을 많이 했다. 하지만 입원 환자는 채혈을 너무 자주 하기 때문에 여기저기 멍들고 혈관이 약해져 있어 채혈이 쉽지 않은 경우가 많다. 보통 채혈에 실패하면 한두 번 더 해 볼 수도 있지만, 한 사람이 너무 자주 시도하게 되면 피차 불편하기 때문에, 다른 인턴에게 도움을 청한다. 그렇게 세 명의 인턴이 손을 바꿔가며 채혈을 시도했는데도 전부 실패한 환자가 있어서 결국 오프인 친구에게 전화를 했다. 친구는 약간 당황해하는 듯했지만 흔쾌히 병원에 나와서 일을 도와주었다. 지금 와서 생각해 보면 근무일이 아닌 날에 돈도 안 받고 출근해서 다른 사람의 일을 도와준다는 것은 참 힘든 일이다. 오프인 친구도 분명히 그렇게 생각했을 텐데 친구는 아쉬운 소리 한번 없이 달려와 주었고 지금도 우스갯소리로 그때 이야기를 한다. 그날 병원 앞으로 이사를 결심했다나…?

인턴 동기 중에 정현아 언니는 다른 병원에서 인턴 생활을 한 경험이 있어서 뭐든지 잘했다. 인턴 두세 명이 실패한 동맥 채혈은 항상 현아 언니의 몫이었다. 처음 언니에게 도움을 청하던 날 어색하고 미안한 마음에 주저하다 말을 어렵게 꺼냈다.

"정 선생님, 혹시 술기 한번 도와주실 수 있을까요?"

"무슨 선생님이야~ 그냥 언니라고 불러!"

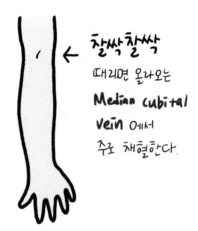

← 찰싹찰싹
때리면 올라오는
Median cubital
vein 에서
주로 채혈한다.

언니는 깔깔 웃으며 대답했다.

현아 언니는 머리를 감다가도, 쪽잠을 자다가도 항상 우리의 요청에 흔쾌히 응해주었다. 언니가 막 감은 머리를 찰랑이며 복도 끝에서 걸어오면 농담 아니고 정말 후광이 비쳤다. 그때는 언니가 도와주는 게 당연하다고 느껴지기도 했었는데, 지금 내가 인턴을 다시 한다고 생각해 보면(이런 생각은 의사들 사이에서 금기이지만) 동료 인턴들이 자꾸 도와달라고 하는 것이 달갑지만은 않을 것 같다. 그런데 언니는 정말 싫어하는 내색이 없어서, 내심 저런 사람이 되고 싶다고 생각했던 것 같다.

새로운 것을 싫어하는 마음, 도움받기를 싫어하는 마음은 어쩌면 혼자 있고 싶은 마음, 도움 주기 싫은 마음일지도 모르겠다. 그렇게 새로운 것을 싫어하는 내가 매달 새로운 과를 순환하는 내과 수련을 마친 것은 참 희한한 일이다. 새로운 것을 피할 수 없다면 새로운 것에서 느껴지는 설렘과 감사함만을 간직하고, 두려움과 긴장은 빨리 잊어버리는 게 좋을 것 같다. 하지만 사람의 마음이란 참 복잡해서 기억하고 싶은 감정, 잊고 싶은 감정을 스스로 더하고 빼는 게 잘 되지 않는다. 그래도 계속 시도하다 보면 조금씩 나아지지 않을까.

　도움을 요청하거나 받는 것이 없다면 세상은 훨씬 깔끔하고 명료할 것이다. 하지만 도움을 요청하여 선의가 담긴 도움을 받고, 이를 떠올리며 그리워하고, 고마워하는 삶이 좀 더 풍성한 것 같다.

새벽 공기

전공의가 다른 의사들과 다른 점은 많겠지만, 대표적인 차이점은 이른 출근, 늦은 퇴근일 것이다. 사실 공식 출퇴근 시간이라는 것이 정해져는 있지만, 미리 출근해서 밤새 담당 환자에게 있었던 이벤트를 분석해 보고해야 하기 때문에 정해진 출근 시간보다 빨리 올 수밖에 없다. 교수님들도 회진 시 본인이 환자를 다 파악해 오시는 교수님이 있는 반면, 전공의의 보고에 100% 의존하는 교수님도 있어서, 후자의 경우에는 아무래도 회진 준비 시간이 훨씬 많이 소요되고 자연스럽게 그 파트는 출근이 더 빨라야 한다. 퇴근도 마찬가지로 퇴근 전에 밤새 일어날 이벤트에 대해 필요시

처방(혈압이 낮은 환자에게 승압제를 어느 정도 속도로 어떻게 증량할지, 열이 나는 환자에게 해열제를 어떻게 쓸지 등에 대한 처방)을 내놓고 익일 처방까지 내야 퇴근이 가능하기 때문에, 늦어질 수밖에 없다.

나는 수련 기간 내내 병원 근처 투룸에서 지냈다. 집에서 병원으로 가는 길은 야트막한 오르막길이었다. 주변은 거의 원룸이 있는 빌라촌이었고, 밤이든 낮이든 24시간 슈퍼마켓이 반짝이고 있었다. 슈퍼마켓 계산대에는 주로 아저씨가 계셨지만, 중학생쯤 돼 보이는 학생이 대신 있을 때도 있다가, 드물지만 할머니가 계실 때도 있었다. 겨울에는 아침 출근길이 정말 무서울 정도로 온통 새까맣지만, 여름이 되면 하늘빛이 꽤 푸르스름해지고 이따금 풀냄새가 나기도 했다. 오르막이 끝날 때 즈음 잠들지 않는 병원이 나를 반기면 묘하게 반가운 느낌이 들 때도 있었다. 사실 대부분의 출근길이 잠에서 덜 깬 채로 투덜거리며 끝났지만.

최근에 과 내 컨퍼런스로 인해 오랜만에 새벽에 출근을 하려고 집 앞을 나서다가 문 앞에 멈칫 섰다. 이른 아침 출근길의 냄새는 내가 전공의 시절 매일 나서던 그날의 것과 닮아있었다. 사람은 없고, 나무와 공기들만 차가운 숨을 내쉬고 있었다. 이상하게 싫지만은 않았다.

냄새 하니까 생각나는 이야기가 있다. 나는 후각이 예민한 편은 아니었는데, 본과 1학년 해부학 실습 이후로 후각이 발달하게 되었다. 해부학 실습실에는 강력한 화학 보존제의 냄새가 나는데, 그곳에서 짧게는 두세 시간, 길게는 하루 종일 실습을 하고 나면 온몸에서 화학 약품 냄새가 나기 때문에 꼭 샤워를 하고 도서관에 가야 했다. 그런데 신기한 것은 샤워를 해도 냄새가 쉽게 빠지지 않는다는 것이었다. 동기들이 아마 콧구멍 안쪽에도 냄새가 밴 것 같다고 해서 무식하게 콧구멍까지 거품으로 씻어봤지만 그다지 소용이 없었다.

전공의 2년차 즈음이 되면 병실에 들어갈 때 냄새로 환자의 상태를 추정하기도 한다. 환자가 건강할수록 위생에 신경을 쓸 여유가 생기기 때문에 좋은 냄새가 난다. 예를 들어 위궤양이나 위정맥류 환자가 출혈이 잘 멎지 않는 경우는 피 냄새가 나기도 하고, 혼수 환자의 방에서는 분비물 냄새가 많이 난다. 그렇기 때

← 머리와
몸에

재빠르게 거품을

도포함과 동시에

씻어냅니다

(군대샤워라고 ., 하더라구요)

문에 문을 열고 들어서면서부터 환자에 대한 정보를 한 가지 얻고 환자를 보면 더 정확한 진료를 할 수 있다.

전문의 시험을 앞두고 가장 마음에 걸렸던 것은 어린 딸아이와 함께 보내는 시간이 많이 줄었던 것이었다. 하루 공부가 끝나고 함께 잠들기 위해 딸아이 옆에 누우면 아기는 나의 냄새를 크게 맡았다. 그리고는 안도의 한숨을 내쉬고는 잠이 들었다. 아이는 함께하지 못한 아쉬움을 그 짧은 순간 엄마의 냄새로 녹여내는 것 같았다.

새벽 냄새가 좋아진 것은, 아무래도 전공의 시절이 끝났기 때문일 것이다. 하지만 냄새를 맡자마자 생각할 겨를도 없이 좋은 기분이 들었다는 것은, 스스로도 지각하지 못한 그 시절의 장점이 있기 때문일 것이다. 아니면 단순히 그 시절이 끝났다는 안도감이었을까? 잘 모르겠다. 긴 시간이 걸리지는 않지만, 복잡한 묘사가 필요하지는 않지만, 찰나에 뇌까지 전해지는 충분한 설명. 냄새가 나는 이 세상이 좋다.

잡일

모든 직장이 그러하겠지만, 의사의 일에도 참 잡일이 많다. 사실 개원을 하면 재무나 회계 관련하여 잡일이 훨씬 더 많다고 들었지만, 내가 경험한 대학병원 내에서 잡일들의 종류와 나름의 의미에 대해 생각해 보고자 한다.

잡일의 메카인 인턴 시절 잡일 중에 제일 별로인 것은 사실 '인턴 일이 아닌 일'일 것이다. 말이 앞뒤가 좀 안 맞는 느낌이지만 사실이다. 이런 일들을 하는 것은 사실 의료법에도 위배될 수 있어 말하기가 조심스럽다. 하지만 그 누구도 하고 싶어 하지 않는 일을 결국 인턴이 하게 되는 경우가 꽤 많다. 예를 들어 밤늦은 시간에 담당 약사가 퇴근을 해서 항암제 조제를 인턴이 한다거나, 전공의가 없는 기피과에서 전담간호사의 지시를 받아 처방을 하거나 수술 보조를 하는 일들이다. 이런 일들이 싫은 이유는 귀찮거나 힘들어서가 아니라 의사로서의 자존심에 상처를 주는 일이기 때문에 그렇다. 의사로서의 첫해에 이런 일들을 경험하다 보면 '이러려고 의사가 되었나?' 하는 생각이 들기 마련이다. 하지만 앞서 언급했듯이, 연주자라고 연주만 하는 것이 아니고 판사라고 판결만 내리는 것이 아닐 것이다. 그렇다고 이런 일들을 권장하자는 뜻은 아니다. 다만 잘못된 일이라고 쉬쉬하고 암암리에 행하는 것 보다, 이런 일들이 실제로 행해지고 있다는 것을 인지하고 언급하는 것이 개선의 시작일 것이다.

전공의 잡일 중에 제일 별로인 것은 각종 행사 준비가 아닐까 싶다. 컨퍼런스 전 회의실 예약하기, 공지하기, 인원 파악하여 식사 주문하기, 도시락 자리에 깔기 등등인데 주로 1년차가 하게 된다. 언뜻 들으면 별 게 아니지만, 내 환자가 활력징후(Vital sign: 혈압, 맥박, 호흡수, 체온)가 좋지 않은데 이런 것들을 병행해야 하면

하지만 솔직히
내가 시킨 도시락이
너무 맛있을 때는
기분이 좋았어요

머릿속이 번잡스러워진다. 그중 제일 별로인 것은 단연 본인이 발표자인 경우인데, 직접 발표를 준비해야 하기 때문이다. 보통 발표 논문을 선정하는 것부터 애를 먹는다. 해당 논문이 그날의 주제와 적합할지, 최신 논문인지, 믿을 만한 저널에 발표되었었는지 등등을 고려하며 10개 내외의 논문을 걸러내고, 직접 읽으면서 최종 발표 논문을 선정한다. 선정된 논문을 어떻게 추려서 발표할지 고민해서 만들고 예상되는 질문들에 답변도 미리 준비한다. 사실 참 교육적인 과정이지만, 이 역시 바쁜 업무와 병행하기가 쉽지 않고, 간혹 윗사람들이 발표자를 곤란하게 할 목적을 가지고 난해한 질문을 하면 발표자는 당황스럽고 피곤해지기 마련이다.

마지막으로 강사 시절의 잡일 중에 사랑받지 못하는 일을 요약하면 '앞으로 쓸모없을 것 같은 일'이다. 대부분의 강사가 대학에서 전임을 받지 않고 의원급으로 진출하기 때문에, 의원에서도 유용한 내시경이나 초음파 등 술기를 배우는 일은 거부감이 없지만, 논문 작성하는 일은 기피하는 편이다. 나는 예외적으로 글 쓰는 것을 좋아해서 논문을 쓰는 일도 적성에 맞고 속

도도 빠른 편이었다. 다만 쓸 때마다 '그런데 이게 앞으로 쓸모가 있으려나…' 하는 생각은 자주 들었음을 고백한다.

솔직히 의사들은 위에 언급한 일들을 '잡일'이라는 고상한 단어로 칭하지는 않고 '똥잡'이라고 부른다(인턴똥잡, 1년차똥잡, 논문똥잡 등등). 얼마나 하기 싫은 일이면 일이 똥까지 됐을까. 정말 하기 싫은 일들임을 인정한다. 그래도 정말 남는 게 하나도 없는 일들이라고 하면 억울하니까 장점을 생각해 보았다. 일로써 배우는 점은 없었을지언정, 인생이라는 큰 과정을 놓고 나름의 처세술을 배우기는 했던 것 같다. 파견병원 인턴 시절, 당직을 설 때면 유난히 항암제 조제를 자주 시켜서, 평일 일과 중에 입원부서에 연락해 야간 입원 환자가 있는지, 항암 환자라면 일정을 조절할 수는 없는지를 문의한 적이 있다. 환자 입장에서도 담당 약사가 정확하고 신속하게 조제한 항암제를 투약받는 것이 훨씬 이득이기 때문이었다. 사실 결과적으로 크게 변한 것은 없었지만, 현재의 불완전한 상태를 인식하고 개선할 수 있는 노력을 계속하는 것은 어느 곳에서 어떤 일을 하던 참 중요한 일인 것 같다. 쓰고 보니 그다지 변호는 되지 않는 것 같고 조금 똥 같은 글인 것 같다.

첫 회식

　인턴 생활을 시작하고 했던 첫 회식은 기억 속에 선명하게 남아있다. 나는 일반외과 인턴으로 3월 근무를 시작했다. 보통 내과 계열(내과, 소아과 등) 인턴은 채혈이나 복수천자(복강 내에 비정상적으로 생긴 복수를 제거하는 술기) 같은 병동 술기를 익히기 좋고, 외과 계열(이비인후과, 정형외과 등) 인턴은 수술방 보조일을 익히기 좋은데, 일반외과는 병동 환자와 수술 환자가 모두 많은 과여서, 병동 술기와 수술방 보조 일들을 금세 배울 수 있었다. 회식 장소는 고깃집이어서 동기들과 함께 한우를 실컷 구워 먹었다. 학생 때는 용돈이 한 달에 50만 원이라 하루 식비를 최대한 만 원 내외로 써야 했기에 고깃집에 가서 고기를 사먹는 일은 거의 없었다. 주로 편의점 음식을 많이 먹었던 것 같다. 기운이 없을 때는 남편(그때 당시 남자친구)과 함께 마늘 돼지 갈빗집에 가서 갈비는 2인분만 시키고 밥이랑 밑반찬을 쌈에 싸서 잔뜩 먹었다. 써놓고 보니 조금 짠내나는 이야기지만 학생시절이 뭐 다 비슷하지 않을까. 그런데 그때 먹었던 갈비 맛을 이길 만한 식사는 많지 않은 것 같다.

어쨌든, 첫 회식은 그러한 이유로 매우 만족스러웠다. 교수님들이 종종 황당한 농담을 하시기도 했지만 이렇게 소고기를 실컷 먹을 수 있다면 참을 수 있을 정도의 농담이었다. 회식을 마치고 나올 때에는 배터지게 고기를 먹은 것도 모자라 양념갈비까지 싸주셔서 다음날 나는 아침부터 남편과 고기를 또 구워 먹었다. 스텝, 전공의, 인턴, 간호사가 모두 모여서 병동과 수술방에서의 날선 모습들은 사라지고 서로의 장점과 일상을 이야기하며 전반적으로 즐거운 시간을 보냈다. 각자가 특정 기능을 하는 사람이기에 앞서, 한 가정의 한 사람으로 느껴지는 경험이 나쁘지 않았다.

나는 입시 운이 좋은 편은 아니다. 한 번에 붙은 시험은 의사 국가고시와 내과 전문의 시험뿐이라고 해도 과언이 아니다. 심지어 도로 주행도 두 번 보았다. 정말 돌고 돌아 의사가 되었기 때문에, 고등학교 졸업 이후로 병원에 취직하여 일을 시작하는 데 꼬박 10년이 걸렸다. 그 사이에 대기업에 취직한 친구도 있었고 일찍 아기 엄마가 된 친구도 있었다. 나만 빛이 보이지 않는 터널 속에 갇힌 기분이 들 때도 많았다.

　진부한 이야기이지만 과정이 결과보다 훨씬 중요하다. 10년 동안 아침 일찍 일어나 공부를 하고 수업을 듣고 시험을 보던 그 성실한 시간들은 의사 면허증이라는 결과가 없더라도 칭찬받아 마땅하다. 하지만 나는 스스로를 칭찬할 줄 아는 멋진 사람은 아니었다. 왜 더 빨리, 왜 더 많이 하지 못하는지 스스로를 나무랐고, 그런 인색함이 스스로를 무기력하게 만들었다.

　첫 직장, 첫 월급, 첫 회식보다 감사한 것은 나의 첫 결심, 첫 수험표, 첫 면접, 첫 교과서일지도 모르겠다. 여태까지 겪어온 나의 시간을 결과와는 상관없이 듬뿍 칭찬하는 여유가 더 늘어났으면 좋겠다.

흔히들 삶을 여행에 비유한다. 목적지로 가고는 있지만 꼭 목적지에 도달할 필요는 없다. 중간에 보이는 풍경이 아름답다면 그곳에 내려서 둘러보아도 좋다. 그곳이 마음에 쏙 들었다면 잠시 살아보아도 좋고, 내린 김에 환승을 해서 최종 목적지를 바꾸어 보아도 좋다. 결국 어디에 도착을 할지는 스스로 더 좋다고 생각되는 대로 그때그때 결정하면 될 일이다. 유일하고 온전한 답 같은 것은 없다.

의학 드라마

나는 사실 의학 드라마를 잘 보지는 못한다. 첫 번째 이유는 쉬면서도 일하는 느낌이 들기 때문이다. 쉴 때는 의학과 관련이 없는 소재들을 접하는 것이 더 삶이 풍요로운 느낌이 들어서 음악, 미술, 건축 관련된 책이나 영상을 보는 것을 좋아한다. 두 번째 이유는 아무리 연기를 잘하는 배우라도 진짜 의사 특유의 느낌을 내기는 어려워서 몰입이 잘 되지 않기 때문이다. 당연한 이야기지만, 의사들은 의학용어를 사용하는 것이 일상이기 때문에 굉장히 편안하고 자연스럽게 사용을 한다. 하지만 아무래도 배우들은 자주 사용하는 용어가 아니기 때문에 다른 단어보다 힘주어서 말하거나 눈빛이 흔들리게 되는데, 이것이 보기에 어색하다. 비유하자면, 욕을 잘 안 하는 사람이 욕을 할 때 듣는 사람이 느끼는 불편함과 비슷할 것이다. 세 번째 이유는 드라마와 현실에서 느껴지는 괴리 때문일 것이다. 의과대학부터 수련병원을 거치기까지, 많은 동료들을 만났지만 드라마에서 그려지는 끈끈한 동료애와는 거리가 있었다. 이건 누구의 잘못이라고 하기는 어렵고, 쉽게 말하자면 서로 자기 살기 바쁜 거다. 공부를 못하면 똑같은 수업을 1년 더 들어야 하고, 환자를 잘못 보면 그 사람의 목숨이 왔다 갔다 하는데 옆의 동료까지 챙기는 것은 힘든 일일 것이다.

그럼에도 불구하고 재미있게 본 의학 드라마는 2007년에 방영된 '외과 의사 봉달희'이다. 이 드라마는 내가 고3 때 방영되었기 때문에, 공부가 하기 싫을 때마다 보면서 마음을 환기시켰다. 내가 의사가 되기 전이었기 때문에 더 몰입해서 보았을 수도 있지만, 시간이 지나고 다시 보았을 때도 이 드라마에 나오는 배우들이 꽤 자연스럽게 의학용어와 응급 상황을 연기한다고 느꼈다. 그때는 드라마에 나오는 잠 못 자고 밥 못 먹고 공부하며 환자 살리는 의사의 모습이 그렇게 멋져 보였다.

그런데 따지고 보면 그게 왜 멋질까? 잠 잘 자고 밥 잘 먹고 일하는 의사는 멋이 없나? 인정하기는 싫지만, 왠지 좀 덜 멋진 느낌이다. 곰곰이 생각해 보았는데 아무래도 먹고, 자고 싶은 인간의 본성을 거슬러 타인을 위한 일을 한다는 사실이 숭고해 보이기 때문인 것 같다. 잠깐 다른 이야기이지만, 어린 아기를 키우다 보면 아기를 달래고 먹이고 씻기느라 막상 부모는 못 씻고 못 먹고 울고 싶을 때가 더러 있다. 하지만 우리는 이런 부모의 모습을 보고 아름답다고 하지 않나. 살고 싶은 대로 살아지는 대로 사는 것이 아니라, 의지적으로 의롭다고 생각되는 일을 위해 본인을 희생하기도 한다는 점에서, 의사는 참 존엄한 직업이다.

사실 더 멋진 직업들도 많았지만, 나는 돈이 밀물과 썰물처럼 들어왔다가 나가거나, 나의 명예가 올라갔다가 내려갔다 하며 나를 불안하게 하는 직업은 하지 않아야겠다고 다짐했다. 또 부수적인 이야기이지만, 흔히 보통의 사회에서는 남자는 Sir, 여자는 Ma'am, 미혼이면 Miss, 기혼이면 Misses 등의 호칭으로 불리지 않나. 하지만 의사는 남자든 여자든, 미혼이든 기혼이든 평생 Doctor라고 불리는 것이 좋았다. 아무리 나이가 들어도 가운을 입는 순간 아줌마나 할머니에서 전문가로 변신하는 자신이 마음에 들었다.

보통 의사들에게 자녀들도 의사가 되길 원하냐는 질문을 한다면 아니라고 대답하는 경우가 더 많을 것이다. 나 역시도 내 딸이 의사가 되기를 원치 않는다. 안 힘든 직업이 있겠냐마는, 의사가 되는 과정이 너무 길고 힘들며, 한 번씩 찾아오는 내적인 괴로움은 인간이 견디기 힘든 수준이다. 하지만 만약 내 딸이 '엄마, 의사는 다른 사람을 위해 자신의 기본권을 희생하기도 하는 숭고한 직업이죠? 나도 평생 Doctor로 불리고 싶어요.'라고 한다면… 흠. 반박할 말을 오래도록 고민해본들 찾기 힘들 것이다.

다른 나라의 의사들

우리나라의 의사면허는 기본적으로 국내에서의 의료행위를 허락하는 의미지만, 특수한 절차를 통해 외국에서의 의료행위가 제한적으로 허가되기도 한다. 특히 여러 나라에서 우리나라 의과대학의 수준을 높이 평가하기 때문에, 한국의 의과대학 졸업을 당국의 의과대학 졸업과 동일하게 인정한다. 다만 의사고시는 해당 의료행위를 하려는 나라에서 다시 치러야 그 나라의 의사면허를 취득할 수 있다. 미국이 그 대표적인 예인데, 우리나라에서 의과대학을 졸업한 후 미국 의사 국가고시를 통과하면 미국에서 의사가 될 수 있다.

많은 의사들이 미국 의사가 되는 것을 고민하지만,

현실적인 어려움이 많다. 가장 주저하는 이유는 아무래도 영어로 진행되는 실기시험 때문일 것이다. 더군다나 실기시험은 미국 본토에서만 진행되기 때문에, 자신 없는 시험을 위해 비행기를 타고 타국까지 간다는 것은 쉬운 결정이 아닐 것이다(하지만 최근 코로나 바이러스의 영향으로 실기시험이 유예되었다). 두 번째로 고민하는 이유는 시간과 비용의 문제 때문일 것으로 생각된다. 사실 의과대학 입학을 준비하고, 비싼 학비를 내며 국내에서 의사면허를 따고 나면, 특별한 지원을 받은 경우를 제외하면 대부분 수천만 원의 학자금을 빚진 채로 사회생활을 시작한다. 부끄러운 이야기이지만 나 또한 아직도 이 학자금 대출을 다 갚지 못했다. 이렇게 채워 나가야 할 금전적 숙제가 있는 상황에서 이차적으로 투자가 필요한 시험공부를 한다는 것은 시간적으로 경제적으로 많은 용기가 필요한 행동이다.

이렇게 힘든 과정을 겪어내고 미국에서 의사 생활을 하고 있는 지인의 말을 들어보면, 사실 부러운 면들이 꽤 있다. 그중에 가장 부러운 것은 의사에 대한 사회적 인식이다. 시민들이 의사가 다른 사람을 위해 희생하는 존재라는 인식이 강하고 존경을 표하는 일이 자주 있다고 한다. 예를 들면, 병원 복도를 걸어가는데 낯선 환자가 갑자기 '선생님, 당신의 재능을 인류를 위해 사용해주셔서 감사합니다.'라고 감사 인사를 한다고 한다.

우리나라는 왜인지 모르겠는데 의사를 돈벌레로 인식하는 경향이 있어서, 꼭 필요한 검사이더라도 환자가 의문을 가지고 진짜 필요해서 하는 게 맞냐며 의심받을 때가 꽤 있다. 예를 들어, 뇌하수체는 굉장히 다양한 호르몬을 분비하는 기관이고 이곳에 종양이 있을 때 호르몬 불균형이 발생할 수 있다. 따라서 뇌하수체 호르몬이 비정상적으로 높은 경우 뇌 MRI 촬영을 권하게 되는데, 지난달에 온 젊은 여자 환자의 어머니가 이 정도면 좀 지켜봐도 된다고 들었는데 왜 MRI까지 권하냐며 화를 냈다. 죄송한 이야기이지만 좀 지켜봐도 될 것 같으면 병원에는 왜 오셨는지 모르겠다. 물론 대부분 종양 없이 기능적으로 호르몬 수치가 올라간 경우가 훨씬 많지만, 젊은 환자의 경우는 좀 더 종양 가능성에 무게를 두고 적극적으로 검사한다. 종양이 있다면, 시신경을 눌러 시야장애가 생길 수도 있고 수술을 해야 할 수도 있기 때문이다. 이런 가능성을 모두 설명했고, 나는 대학병원의 월급을 받는 의사이기 때문에 환자가 검사를 받든 안 받든 내가 받는 월급은 똑같다. 하지만 어머니는 내가 돈 때문에 과한 검사를 권한다며 끝끝내 MRI 예약을 잡지 않고 돌아갔다. 사실 글로 쓰기는 뭣하지만 듣기 불쾌한 말들을 많이 하셨다. 이런 일들이 생기면 마음이 씁쓸하다 못해 구멍이 나는 느낌이다.

미국은 우리나라보다 의료비가 훨씬 비싸고, 의사의 급여도 훨씬 높다. 하지만 환자들은 의사가 다른 사람의 건강을 위해 본인 삶을 희생하는 사람이며, 금전적으로 당연히 보상받아야 한다는 인식이 강하다. 이런 환경에서 의료행위를 하다 보면, 필요한 검사나 처방을 권하기도 마음이 편하고 의사로서 자존감도 훨씬 높아질 것 같은 기분이다. 물론 미국의 의사도 나름의 고충은 있겠지만, 아무튼 부럽다. 미국도 우리나라와 같은 과도기를 거쳐 지금의 분위기에 정착했으려나? 그런 것이라면 조금 희망적일 것 같은데. 아니면 갈등

많은 다민족국가의 민족성이려나? 이런저런 생각을 하다 보면 역시 다른 나라에 관한 공부는 필요하다는 생각이 든다. 나야 의학만을 아니 의학적인 차이만을 조금 알지만, 나라마다 각 분야에서 본받을 만한 분위기나 전통이 따로 있을 테니까. 역시 미국 의사고시를 봐야 하나? 당장은 힘들 것 같다.

인턴 생활백서

누구나 사회 초년기에 시행착오를 겪을 테고 나도 그러했는데, 인턴 생활을 하며 느낀 몇 가지 팁이 있다. 이 책을 읽는 독자분들 중 인턴 생활을 하게 될 분이 있다면 소소하게나마 도움이 되길 바란다.

첫 번째, 제일 중요하다. 카톡방에서 누군가 배달 음식을 시킨다면 당장 못 먹을 것 같아도 같이 시켜달라고 해야 한다. 온종일 수술방에 있다가 당직까지 이어져 밤늦게 나왔다면, 원내 식당도 이용할 수 없다. 사람이 배가 고프면 갑자기 슬퍼지면서 도망치고 싶어진다. 교수님들은 신기하게 밥도 안 드시고 수술을 반나절씩 잘도 하시지만 우리는 젊어서 그런지 점심때만 지나도 정말 배고프고 짜증난다. 차가운 햄버거라도 더더욱 먹어야 하고 그때 먹으면 세상에서 제일 맛있다. 참고로 면 종류는 퉁퉁 불어 국물이 없어질 수 있으니 가능하면 피한다.

두 번째, 흔히 콜을 잘 받으려고 스마트워치를 사게 되는데, 있으면 편하지만 없어도 아쉬울 건 없다. 나는 당직실을 총 네 명이 함께 사용했는데, 처음에는 네 개의 콜폰이 밤새 울리면 시끄러워서 잠은 어떻게 자고 내 콜은 어떻게 구분하나 했는데 놀랍게도 본인 벨소리에만 깨도록 적응을 한다. 남의 벨소리는 전혀 들리지 않게 되고 내 벨소리에는 1초 만에 눈이 떠진다. 나만 그런 게 아니고 우리 인턴 전체가 그랬다.

세 번째, 일이 자신 없으면 일이 자신 없는 다른 사람을 포섭(?)해서 같이 자신 없어 하는 것이 낫다. 나는 4월에 흉부외과 인턴으로 근무하게 되었는데, 흉부외과는 전공의가 없어 인턴이 주치의를 맡게 됐다. 그때 당시 흉부외과 인턴은 총 2명으로 나 말고 짝 턴 친구가 한 명 더 있었다. 원칙상 둘 중의 한 명은 당직이고 한 명은 오프였지만, 둘 다 첫 주치의과를 맡게 된 부

배달의 민족

담감이 컸기 때문에 일주일 정도 함께 당직을 서기로 했다. 수시로 발생하는 병동 환자, 응급 환자에 대하여 함께 의논하며 나름 최선을 다해 치료하였다(지금은 전공의특별법으로 인해 연속 당직이 금지되었다). 사실 초짜 의사 둘이 의논해 봐야 얼마나 더 좋은 판단을 내리겠냐마는 모두가 잠든 시간에 응급실로 찾아온 호흡곤란 환자에 대해 상의할 사람이 있다는 것은 큰 위안이 되었고 그 시간을 잘 지나가게 해주었다.

네 번째, 억울한 일이 있으면 조금 버릇이 없어 보일지라도 최선을 다해 본인을 변호해야 한다. 인턴은 일단 병원에 본인 편이 거의 없어서 본의 아니게 억울한 일에 휘말리면, 그 사건에서 제일 잘못한 사람으로 쉽게 치부되고 사건이 종결돼버린다. 하지만 본인의 의도는 어떠했고 실수는 무엇이었으며 이 사건에서 개선되어야 할 점은 무엇인지 용기 내어 말해야 한다. 그래도 될까 싶지만 그래도 된다. 사실 나는 그렇게 하지 못했기 때문에 하는 말이다. 사건 당사자들도 그때 당시에는 '인턴이 저런 말을 하네?' 할 수는 있지만, 시간이 지날수록 당신의 말이 틀린 것은 없다는 것을 알게 될 것이다.

마지막 다섯 번째, 나쁜 기억은 곱씹지 말고 최대한 빨리 잊고, 즐거웠던 기억은 두고두고 추억한다. 인턴 생활에서 가장 재밌었던 기억은 부산 파견이었는데, 파견 기간에 당직이 아닌 날은 하루도 빼놓지 않고 동기들과 부산의 맛집과 명소를 돌아다녔다. 바다는 매일 봐도 예쁘고, 해산물은 충격적으로 맛있고, 수다는 매일 떨어도 할 말이 많았다. 지금도 TV나 인터넷에 부산이 나오기만 하면 기분이 좋아진다. 오늘의 나를 힘이 나게 하는 것은 건조한 삶에 한 번씩 불어오는 과거의 바닷바람이기 때문일 것이다.

휴가 이야기

 인턴, 전공의의 휴가는 보통 한 학기에 한 번이고 5일 내외이다. 문제는 휴가를 가기 위해 휴가 앞뒤로 당직을 몰아서 서게 되기 때문에, 막상 휴가를 떠나면 골골대고 어디를 가도 몽롱하다. 그 와중에 기억에 남는 장면이 있다면, 그것은 정말 인상적인 것이다.

 휴가 중에 가장 기억이 많이 남아있는 휴가는 인턴 여름휴가이다. 무려 하와이를 5일 만에 가면서 마우이까지 일정에 끼워 넣었다. 지금 생각해 보면 그렇게 빡빡하게 일정을 짜지 않을 것 같다. 하지만 그때는 오프가 정말 귀해서 체력에 맞지 않게 무리를 했다. 호놀룰루에 도착하자마자 울프강스테이크하우스에 갔다. T

본 스테이크 세트를 시켰는데, 겉은 바삭하고 속은 육즙이 가득해서 정말 맛있다는 생각이 들면서도, 시차로 인해 몸이 식사를 받아들이지 않고 자꾸 잠들려고 하는 느낌이었다. 그때 찍은 사진을 보면 눈을 반쯤은 감고 있다.

한국에서 미리 서핑 교실을 등록해 놓아서 남편과 둘이 참여하였는데 수건이나 아쿠아슈즈 같은 준비물을 전혀 가져가지 않은 것을 레슨에 도착해서 깨달았다. 레슨 내내 발바닥은 불에 타는 느낌이었고 수업이 끝나고 나서는 물에 빠진 생쥐 꼴로 호텔로 복귀해야 했다. 하지만 수영을 못하는 남편이 서핑보드 위로 올라서서 파도를 타는 모습은, 첫 걸음마를 뗀 아기의 모습처럼 내 기억에 강력하게 남았다.

그러고 보면 남편은 새로운 것을 참 싫어한다. 하와이 서핑 교실을 등록했다고 했을 때 남편은 한 번도 안 해 봤다며 싫어했다(하지만 막상 수업을 마치고 나니 파도를 볼 때마다 서핑을 하고 싶다고 했다). 우리가 여행 갔을 때는 때마침 하와이의 독립기념일이 겹쳐서 불꽃놀이가 있는 기간이었다. 내가 저녁에 불꽃놀이를 보러 가

자니까 남편은 여행자가 저녁에 돌아다니는 것이 위험하다며 싫다고 했다. 새로운 일에 몸을 사리는 남편이 살짝 답답하기도 했지만, 나도 직접 하와이의 불꽃놀이를 본 적은 없으니 강력하게 권하기도 뭐 했다. 그래도 남편은 내가 여운이 남아 보이는 게 신경 쓰였던지, 결국 함께 나가자고 했다. 우리는 알라모아나 국립공원 잔디밭에 앉아서 불꽃놀이를 보았다. 생각만큼 성대한 불꽃놀이는 아니었지만, 사실 불꽃놀이 자체보다 기억에 남았던 것은, 하와이안 원피스를 입고 가족 단위로 놀러 나온 주민들의 모습이었다. 아름답고 평화로운 밤이었다. 괜스레 눈물이 핑 났다.

휴가를 떠나기 전에는 일을 그만두고 싶을 정도로 지쳐있었는데, 휴가를 다녀오니 그런 마음이 누그러졌다. 정확히 말하면 휴가 자체가 좋았다기보다 내게도 예정된 휴식의 시간이 있다는 것을 처음 경험해서 좋았다.

아무리 힘든 시간도 끝이 나기 마련이지만, 그 끝만 바라보며 살기에는 삶이 너무 아깝다. 나를 비롯한 많은 사람이 데드라인을 맞추기 위한 삶을 산다. 그리고 사실 그렇게 사는 삶이 좀 더 인정받는 것 같다. 고등학교 때는 수능을 위해, 의대생은 의사면허를 위해, 인턴은 전공의를 위해, 전공의는 전문의를 위해 산다. 이게 나쁜 건 아니지만 그 과정에서 나를 많이 잊고 산다. 내 기분이 지금 어떤지, 내가 무얼 좋아하는지, 내가 어떤 것에는 치를 떠는지…. 본인에 대해서는 기초도 안 돼 있는데, 학문에서는 박사가 되어 있다.

끝에 도달할 때까지 너무 참지 않았으면 좋겠다. 하고 싶은 게 있으면 조금 하고, 쉬고 싶으면 조금 쉬자. 그래도 된다는 것을 몰랐다. 그런 것을 이상하게 생각하는 사람들이랑은 어차피 멀어지는 게 좋으니 굳이 아등바등 기대에 부응할 것 없다. 나를 제일 잘 알고 나의 몸과 마음을 제일 건강하게 조절해주는 것은 나여야 하지 않은가.

부탁

병원 안에서 과를 나누는 방법은 여러 가지가 있다. 수술을 하는 과(외과, 산부인과 등)와 수술을 하지 않는 과(내과, 소아과 등), 메이저 과(내과, 외과, 산부인과, 소아과)와 마이너 과(정형외과, 안과 등), 바이탈 과(내과, 외과, 산부인과, 소아과)와 비바이탈 과(병리과, 진단검사의학과 등) 등등이 그것이다. 하지만 병원에서 일을 하다 보면 의외로 체감되는 분류법은 부탁받는 과와 부탁하는 과가 있다는 것이다.

내과는 가장 부탁을 많이 받는 과라는 것에 이견이 없을 것이다. 부탁받는 내용을 간단히 표현하자면 환자가 안 좋을 때 좋게 해달라는 부탁을 받는다. 여기서 환자가 안 좋다는 말에는 굉장히 많은 상황이 포함된다. 대표적으로는 환자가 피를 토하거나 혈변을 보면 이것을 멎게 해달라고, 숨이 차면 숨을 잘 쉬게 해달라고, 혈압이 높거나 낮으면 정상에 맞추어 달라고, 혈액 검사 수치상 혈당, 콩팥 기능, 전해질 등등이 정상을 벗어나 있으면 정상 범위로 돌려달라고 부탁을 받는다. 또 기저에 당뇨나 고혈압 등을 가지고 있는 환자가 수술을 받게 되면, 수술 전에 내과 의사에게 현재 투약이 적절한지 수술의 위험도는 높지 않을지, 수술 전후에 먹던 약은 유지할지 중단할지 등등을 확인해 줄 것을 부탁받는다. 글을 쓰다 보니 그동안 받았던 부탁들이 떠오르며 가슴이 두근두근하다.

내과를 선택하는 의사들은 보통 학구적이고 내향적인 스타일이 많다. 이 말을 좀 안 좋게 말하면 범생이형 외톨이라는 건데 처음 보는 전공의부터 다른 과 교수님들까지 이런저런 부탁을 위해 전화를 하거나 찾아오면, 귀찮은 것은 둘째 치고 혼자만의 시간을 방해받으니 솔직히 일단 좋지 않다. 하지만 환자의 위급도를 분석하고 가장 급한 처치를 바로 실행에 옮기는 것, 그것이 내과 의사의 숙명일 것이다.

그렇다면 내과에서는 다른 과에 부탁할 일이 없을까? 그렇지는 않다. 제일 부탁을 많이 하게 되는 과는 영상의학과이다. 컨디션이 좋지 않은 환자의 영상 판독을 의뢰하거나, 내시경적 지혈이 어려운 환자의 색전술을 부탁하기도 한다. 그러고 보면 영상의학과도 참 많이 부탁받는과인 것 같다. 두 번째로 부탁을 많이 한 과는 외과이다. 이 또한 내시경으로 제거할 수 없는 종양의 수술적 제거, 복막이나 충수 돌기에 생긴 염증 치료를 위한 수술적 처치를 의뢰하게 된다. 보통 내과 전공의들과 외과 전공의들은 바이탈을 잡는 메이저과라는 의미에서 꽤 동질감이 있고 보통 친분도 있는 편이다. 나도 외과 전공의들과는 친분이 있어 환자를 의뢰할 때 부담이 덜해 상대적으로 편하게 부탁을 했다.

"오빠, 미안한데… 내 환자 퍼포(Perforation: 천공, 내시경적 종양제거 술 후 자주 발생하는 합병증) 생겨서…."

"하아… 차라리 당직 시간 안 넘어가게 빨리 컨설트

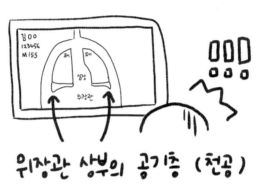

위장관 상부의 공기층 (천공)

내과의사가 무서워하는 X선 사진입니다

(협진) 써줘."

이렇게 쿨하게 받아주었다. 다른 과의 부탁을 열심히 들어주다가, 이렇게 반대로 부탁할 일이 생기면 그때 잘 들어주길 잘했다는 생각이 든다.

결국 부탁하고, 부탁을 들어주는 이유의 중심에는 환자가 있다. 환자가 좀 더 정확한 진단이 내려졌으면, 좀 더 빨리 치료를 받았으면, 좀 덜 괴로워했으면, 환자가 덜 부작용이 있었으면 하는 마음으로 병원의 많은 의사들이 오늘도 서로 부탁하고, 부탁받는다. 아마 가족이 아닌 사람이 나를 위해 다른 사람에게 부탁을 하게 되는 일은, 병원이 아니고서는 거의 드물 것이다. 그런 의미에서 병원의 근간은 사랑이 맞는 것 같다.

그만두기

수련을 그만둬야겠다고 생각한 적이 있다. 1년차 말이었고 회진 도중에 환자 앞에서 담당 교수님께 크게 비난을 받았다. 비난받는 것이 전공의의 업무 중에 하나라고 여겨질 만큼 흔한 일이지만, 그날은 개인적인 비난이 섞여 수치심을 느꼈다. 순간 내 안의 스위치가 '탁' 하고 꺼지는 느낌을 받았다. 퇴근할 때까지 계속해서 눈물이 났다. 멈추지 않았다. 다행히 오후 회진이었다. 다음 날 아침에도 계속 눈물이 나서 출근을 할 수가 없었다. 병원에 가지 않고 남편과 함께 정신건강의학과에 갔다. 정신건강의학과 선생님은 내 이야기를 경청해주었다. 수련을 그만둘 것인지는 지금 결정하지 말라고 했다. 그동안 못했던 것을 조금 하고 쉬어보고 다시 결정하라고 했다. 안정제를 먹고 밀린 잠을 잤다. 동료들의 설득으로 사흘 후 병원에 복귀했을 때는 어쩐지 나만 참을성 없는 미운 오리가 되어있었다.

그때 어떻게 대처했다면 상처를 덜 받았을까? '교수님, 방금 하신 말씀은 선을 넘으셨네요. 지금 저한테 실수하신 겁니다.'라고 말한들 대화가 됐을까? 그냥 속으로 '이 사람이 상황에 대한 스트레스를 나에게 투사하는구나.'라고 생각하고 말았어야 할까? 그날따라 한 귀로 듣고 한 귀로 흘리는 게 왜 안 됐을까?

전공의뿐만 아니라 많은 사람들이, 일이나 명예 돈 등을 위해 본인의 감정과 건강을 도구화한다. 하지만 그 시간이 길어지면 내재된 자아가 폭발하기 마련이다. 그리고 이미 폭발했을 때는 늦었을 수도 있다.

그날 이후 내 나름대로 세운 원칙이 있는데 글로 쓰기엔 조금 유치할지도 모르겠다. 일명 '언니 되기'이다. 스스로 공격받았다고 느끼는 순간 내가 나의 친언니로 빙의하여 나를 최대한 보호할 방법을 생각하고 행동하는 것이다. 실제로 우리 친언니는 나의 안전에 매우 민감하고 내가 건강하고 행복한 것이 제일 중요한 사람이지만, 언니가 없는 독자라면 나를 제일 소중하게 생각하는 누군가에게 빙의한다고 생각하면 된다.

언니는 나에게 엄마 같기도 하고 친구 같기도 한 존재이다. 언니도 오랜 시간 시험공부를 하여 변호사가 되었는데, 우리는 그 어두운 시간 대부분을 함께 보냈다. 언니가 결혼을 하고 나니 외로워서 나도 따라서 결혼을 했다. 둘 다 공부는 계속하는데 성과가 없던 시절이 있었다. 무엇보다 풍족하지 않은 집에 수험생만 둘이니 경제적으로도 여유롭지 못해 눈치가 보였다. 문제집을 하나 고를 때에도 이게 기존 문제집과 비교해서 정말 필요한지 고민했다.

학생 때 모았던 책이나 CD들을 대형 인터넷 서점을 경유해서 파는 것으로 생활비를 모았는데, 이것이 생각보다 쏠쏠해서 문제집을 사고 인터넷 강의를 들을 정도는 되었다. 아침에 일어나서 주문이 들어와 있으면 택배 신청을 하고 이면지로 책을 포장한 뒤 공부를 시작하였다. 주문이 많은 날은 기분이 좋아 공부가 더 잘됐다. 주문이 줄어들면 한동안 치지 못한 피아노나 안

방에 묵혀 두었던 고서적도 팔았다. 옆길로 좀 새는 이야기지만 피아노나 고서적은 가는데 마다 부르는 값이 달랐다. 사실 나는 발품 파는 게 귀찮아서 주는 대로 받고 싶었는데 언니는 그 가격에는 못 판다고 전화번호만 남기고 돌아섰다. 그러면 바로 다시 거래하자는 전화가 와서 두 배 값에 팔았다. 힘들다면 힘들었지만, 그러기에 더 합격하고 싶었고, 스스로 공부할 기반을 마련한다는 자부심도 조금 있었던 것 같다.

내가 병원을 그만두려고 했던 그날, 언니라면 뭐라고 했을까? '야! 지금 애가 충격받아서 눈물이 안 멈추는데, 회진이 중요해? 그렇게 네가 쓸모없으면 교수 혼자 돌라고 해. 당장 휴가 내고 집에 가서 맛있는 거 먹고 자.'라고 했을 것 같다. 그리고 그렇게 하는 게 피차 데미지가 적었을 것 같다.

궁극적으로 나를 가장 소중하게 생각하는 사람은 나여야 하기에, '언니 되기' 연습이 익숙해질 즈음에는 '나 되기' 자체가 나를 가장 잘 보호하고 존중하는 방법이 되었으면 좋겠다.

언니와 나의 방

얼핏

2인 고시원

느낌이지만

나름

아늑했습니다

벽

내과는 보통 저년차를 고년차가 지도해주는 시스템인데, 선배가 되고 나서야 그 어려움을 알게 되었다. 선배님께 감사함을 표현하고 싶을 때는 이미 선배가 곁에 없었다. 내가 기억하는 가장 좋은 선배님은 조 선생님이다. 선생님은 내가 1년차 때 4년차였고, 함께 소화기 내과를 돌았다. 선생님은 나의 처방에 지나치게 관여하거나 시간을 많이 빼앗지는 않으면서도, 뒤에서 놓친 것은 없는지 조용히 검토해주고 항상 잘하고 있다고 용기를 북돋아 주었다. 비교하는 것 같아서 좀 그렇지만 윗년차 중에 아랫년차의 시간을 많이 뺏는 사람도 많다. 물론 결과적으로 다 잘되라고 그런 거지만,

항상 시간 부족에 허덕이는 아랫년차 입장에서는 흘러가는 시곗바늘이 야속하게 느껴지기 마련이다.

한번은 선생님의 형이 연주 음반을 냈다며 나에게 CD를 선물해주시기도 했는데, 윗년차 선생님에게 커피나 간식이 아닌 선물을 받은 것은 그때가 처음이자 마지막이었다. 바로 들어 보고 참 좋았다고 잘 들었다고 했어야 했는데, 바쁜 일을 핑계로 한참 후에나 들었다. 윗년차가 되어 보니 막상 전문의 시험 준비로 바빠 아랫년차에게 줄 선물을 따로 챙긴다는 것이 참 어려운 일이라는 것을 알았다.

나는 선생님께 고마운 마음에 더 열심히 일했고 교수님들도 매번 칭찬을 해주셔서 한 달 내내 좋은 분위기로 일을 하던 중이었다. 만성 변비로 변비약을 꾸준히 먹고 있는 환자가 있었는데, 그날은 웬일인지 아침에만 변을 세 번 보았다. 내가 새벽에 라운딩을 돌았을 때는 불편한 것이 없다고 했었는데, 교수님과 오후에 회진하러 가니 오늘 설사를 세 번이나 해서 불편하다고 하였다. 교수님은 오더에 변비약이 들어가고 있는 것을 확인하시더니 나에게 '자네는 환자에게 관심이 없나?'라고 물으셨다. 나는 당황하여 '아닙니다. 관심 있습니다.'라고 대답했고 교수님은 '정말?'이라고 되물었다. 순간 얼굴이 화끈거렸다.

회진이 끝나고 환자들이 시간대별로 무얼 했는지 집요하게 차트를 검토하는 나를 보며 조 선생님은 꼭 본인의 1년차 때의 본인을 보는 것 같다고 흐뭇해했다. 나는 한 번이라도 지적을 받으면 너무 신경이 쓰여서 참을 수가 없다고 솔직하게 고민을 털어놓았다. 그때 선생님이 해주셨던 답변을 아직까지 잊을 수 없다.

"응. 그건 네가 넘어서야 할 벽인 것 같다. 그 벽을 넘어서면 더 훌륭한 의사가 되어있을 거야."

삶에서 부딪히게 되는 수많은 크고 작은 벽에서 우리는 좌절한다. 반대 방향으로 돌아가고 싶기도 하고, 모른 척 옆길로 가고 싶어지기도 한다. 하지만 그 많은 벽이 나를 더 좋은 사람으로 만들어 줄 거라는 믿음이 있다면, 좀 타고 넘어설 용기가 생기는 것 같다. 나도 누군가가 마주치는 벽 앞에서, 한숨 크게 들이쉬고 주

먹을 다잡게 할 용기를 주는 한 사람이 되면 좋겠다.

선생님. 잘 지내시나요? 선생님이 주신 형님 음반 잘 들었어요. 비 오는 날에 잘 어울리는 멋진 연주입니다. 선생님, 저는 이제 지적받으면 과하게 신경 쓰는 버릇은 거의 없어졌어요. 오히려 지적받게 되어서 환자에게 더 잘해줄 수 있다면, 지적해준 사람에게 고맙습니다. 저 이 정도면 괜찮은 의사인가요?

변화

병원 일을 하며 변하는 것이 많이 있지만 가장 먼저 떠오르는 것은 감염과 멸균에 대한 개념이다. 사실 요즘은 코로나바이러스로 인해 일반인도 감염 예방과 멸균의 필요성에 대해 잘 알고 있지만, 내가 수련을 시작할 무렵에는 그렇지는 않았다. 깨끗이 창상 관리된 환자가 건강하게 퇴원하는 것을 보고, 예방적 항생제를 잘 써서 고열 없이 시술을 견디는 환자들을 보다 보면, 의사는 더욱 감염 예방과 멸균에 집착할 수밖에 없는 것이다.

사실 병원에서 일하는 모든 직원은 원내감염에 취약한 상태이다. 나 역시도 인턴 시절에 급하게 채혈을 하고 보틀에 담다가 바늘로 자신의 피부를 찌른다거나, 기침이 심해 진료를 본 환자가 뒤늦게 결핵 확진이 된 경험이 있다. 다행히 내가 결핵에 걸리거나, 주삿바늘로 간염이 전파되거나 하지는 않았지만 만약에 그랬다고 생각하면 참 간담이 서늘해진다. 사명감만으로 감염의 위험성을 견뎌내는 것은 가혹하기에, 의료진이 스스로를 보호하며 충분한 시간 동안 진료를 할 수 있도록 보험 및 수가체계가 개선된다면 참 좋을 것 같다.

　다음 변화된 점은 남편의 제보로 알게 되었는데, 성격이 좀 급해졌다고 한다. 결혼 전에 남편은 나의 느긋하고 온화한 면이 좋았다고 하는데, 요즘은 일이 빨리 처리되지 않으면 얼굴에 언짢은 표정이 드러나고 때때로 미괄식 표현을 참지 못하고 결론부터 말하기를 독촉한다고 한다. 물론 모두에게 이런 변화가 드러나지는 않고, 유독 남편 앞에서 잘 그러기는 하는 것 같다. 아무래도 전공의 생활 동안 느긋하게 환자를 보았다가 안 좋았던 결과가 있었던 경험들이 쌓여서 이렇게 진화(?)를 한 것 같은데, 최근에는 불필요하게 급한 마음을 먹지 않아야겠다고 의식적으로 노력을 하고 있다.

마지막은 외적인 변화인데, 꾸민다고까지 표현하기에는 뭣하지만, 환자가 보기에 단정하고 깔끔해 보이려고 노력한다. 진료를 보다 보면 필요에 의해 직업력을 문진해야 하는 경우가 있는데, 정말 신기하게도 각자의 직업에 어울리는 외형들을 가지고 있다. 연예인은 시선을 사로잡는 아름다움이 있고, 기업가는 왠지 나도 사업을 의뢰해야 할 것 같은 분위기를 풍긴다. 의사는 꼭 이래야 한다는 기준이 따로 있는 것은 아니지만, 아무래도 사고와 판단을 방해하지 않는 선에서 정돈된 인상을 주면 좋을 것 같다. 그런 의미에서 머리는 항상 감아서 청결한 상태를 유지하고(너무 당연한 건가…) 많이 부스스하면 차라리 묶는다. 옷은 품이 넉넉하지만, 그렇다고 지나치게 캐주얼하지는 않은 셔츠와 바지 세트를 선호한다. 팔의 길이는 가운 안에 입기에 좋을 정도로 길어야 하지만, 그렇다고 너무 길어서 가운 밖에 나오면 오염이 되기 때문에 칠부 셔츠가 가장 좋다. 청결이 가장 중요하기 때문에 중저가의 단정한 브랜드의 셔츠를 색깔만 다르게 여러 벌 번갈아 가며 입는다. 바지는 통이 넉넉하고 장시간 앉아 있어도 불편함이 없는 스판 재질의 어두운 색깔의 바지가 좋다. 양말은 반 양말이 발목 양말보다 답답하지 않다. 신발은 많이 걸어도 피로하지 않도록 검은색과 밤색 컴포트화 두 개를 번갈아 가며 신으면 냄새가 나지 않는다. 하나가 낡으면 두 개를 함께 교체한다. 옷이든 양말이든 신발이든 자주 세탁하기 때문에 너무 고가인 것은 선호하지 않는다.

수련 과정은 단순히 전공 분야에 대해 배우는 것이 아니라, 의사로서의 품위를 배우는 과정이라고도 한다. 환자에게 어떻게 설명하는 것이 정확하면서도 신뢰감을 주는지, 동료 의사를 어떻게 대하는 것이 예의 있고 매끄러운지, 사회에서 만나는 많은 사람에게 의사가 어떠한 모습으로 보여야 할지 등등을 배우는 과정일 것이다. 비단 의사뿐만 아니라 세상의 모든 직업인이 각자가 가지고 있는 귀한 모습을 더욱 빛나게 하기 위해 오늘도, 지금도 다듬어지고 있을 것이다. 반짝반짝 변화하는 우리가 모여 있는 한, 세상은 여전히 아름답다.

혼자 걷는 캠퍼스

인턴, 레지던트는 노동 강도가 높고 처우가 좋은 것도 아니어서 꽤 많은 사람이 사직하게 된다. 병원에서는 사실 '도망갔다'라는 표현을 자주 쓰는데, 이것은 사직의 잘못이 사직자에게 있다는 뉘앙스가 강해서, 엄밀히 말하면 잘못된 표현이다. 아무리 전공의 특별법이 생기고 많은 수련의가 흔히 어른들이 무서워한다는 '90년대생'이라지만, 전공의 인권 보장은 갈 길이 멀다. 가장 불합리한 것을 꼽아보자면 휴게시간이 보장되지 않는 연속근무와 최저임금에 못 미치는 급여이다. 보통 업무 계측표에는 점심 시간 한 시간, 저녁 시간 한 시간, 수면 시간 두 시간 등의 휴게시간을 기입하지만 정해진 휴게시간에 환자가 아프지 않을 수는 없다. 명목만 있는 휴게시간인 셈이다. 장담컨대 아무리 몸과 마음이 건강한 사람이더라도 30~40시간 연속해서 쉬지 못하는 근무를 한두 달만 반복하더라도 없던 병이 생길 것이다.

인턴 동기 중에 9월 말에 사직한 동기가 한 명 있었는데, 꽤 많은 시간을 견딘 상황이었기에 모두가 안타까워했다. 사직 이유를 정확히 전해들은 것은 아니었지만, 한 교수님이 비난을 한 이후로 출근하지 않았으니 그 일 때문이 아닐까 추정만 할 뿐이었다. 하지만 병원은 그리워 할 시간을 허락해주지 않는다. 한 사람이 아니라 열 사람이 사직을 해도 인력 충원은 되지 않은 채로 남은 사람들이 그 사람 몫을 나눠 일해야 한다. 그러다 보면 남겨진 사람 사이에서 감정이 상할 일이 생기기 마련이고 떠나간 사람에 대해서도 원망 비슷한 감정이 들 때도 있다. 우리야 첫 직장, 첫 병원이었기에 뭣 모르고 그 안에서 서로 투닥투닥 했지만, 지나고 나니 참 그런 식으로 인력을 운영해서 내부분열을 조장하는 어른들이 나쁘다는 생각이 든다.

지인 언니도 그만두고 싶다는 얘기를 자주 해서 함께 병원 옆 캠퍼스를 걸으며 기분전환을 하곤 했다. 평범한 학생들이 길을 걷는 모습을 바라보면, 아, 그래, 우리도 저 사람들처럼 평범한 젊은이 중에 하나지, 하고 병원 세상에서 잠시 빠져나올 수 있었다. 캠퍼스 앞에 버블티 가게가 있었는데 달달한 음료를 먹고 나면 기분이 나아져서 언니는 다시 배시시 웃고는 했다.

그날은 아침부터 환자들의 상태가 좋지 않아 바쁜 날이었다. 점심쯤 휴대폰을 확인하니 잘 지내라는 언니의 인사가 와있었다. 전화해 보니 언니는 이미 마음을 굳히고 짐을 정리하고 병원을 떠난 상태였다. 나는 대신 사직서를 제출해 주는 것 외에 할 수 있는 것이 없었다.

전체 수련 기간에 비하면 언니와 함께 지낸 시간은 짧은 편이었지만, 나는 꽤 자주 언니를 떠올렸다. 여름에는 가운을 한쪽 팔에 걸치고, 겨울에는 유자차를 손에 들고, 임신했을 때에는 배가 부른 상태로 혼자 캠퍼스를 걸을 때마다 언니가 보고 싶었다.

내가 결혼하게 된 큰 이유 중의 하나는 '더 이상 이

별하기 싫어서'였다. 그만큼 나는 이별을 잘 못하는 사
람이었다. 이별 후에 그리워하는 것도 추억하는 것도
어쩐지 억울하고 불쾌했다. 의사만큼 많은 사람과 이
별하는 직업도 없다는 것을 몰랐다. 병이 나으면 나아
서, 병이 나빠지면 나빠져서 환자와 이별하게 되고, 다
양한 이유로 동료들도 계속 바뀌었다.

한 노래 가사에는 '만나는 사람은 줄어들고, 그리운
사람은 늘어간다'고 했다. 내가 사랑하는 사람이 모두
내 곁에 있었으면, 내가 쓸쓸해지지 않았으면 하는 마
음은 욕심일지도 모르겠다. 그래도 그리운 사람이 늘
어나는 것은 나쁜 것은 아니라고, 꽤 괜찮은 인생이라
고 생각하려 한다.

유비무환

    나는 미리 하는 것을 정말 좋아한다. 거꾸로 말하면 미리 준비되어있지 않으면 많이 불안했다. 수행평가를 미리 해놔야 시험 기간에 시험만 준비할 수 있고, 생활용품을 미리 갖춰놓아야 급하게 사는 일이 없기 때문이었다. 흔한 말로 유비무환이었다. 그런데 이게 좀 과했던 것도 같다. 의대 시절 가장 친했던 동기는 나에게 '본인이 살면서 본 사람 중 가장 계획적이고 효율적인 사람'이라고 했다. 그때는 이게 칭찬이라고 생각했는데, 시간이 지난 지금은 생각이 좀 달라졌다. 여담으로 전공의에게 유비무환이란 비가 오는 날은 걱정이 없다는 뜻이다. 비가 오는 날은 정말 아픈 환자가 아니면 응급실에 오지 않고 집에서 쉬었다가 비가 그치면 병원에 가기를 선호하기 때문이다.

이런 습관이 조금씩 깨진 것은 인턴 때부터였다. 아침 일찍 업무 리스트를 보며 일을 완벽히 해놓아도 시시때때로 발생하는 병원의 상황으로 인해 추가 업무가 발생했다. 이럴 바에야 급하지 않은 일은 미뤄놓고 콜이 오지 않을 때는 잠시 눈을 붙였다가 급한 일이 발생하면 그때 이어서 처리하는 게 훨씬 나았다.

유비무환에 대한 신념이 두 번째로 깨진 것은 아기를 낳고 기르면서부터였다. 혼자 있을 때야 내일은 아침에 일어나서 커피에 모닝빵과 바나나를 간단히 먹고 밀린 예능 프로를 봐야지, 하는 계획이 실현 가능했지, 아기가 등장한 나의 인생은 예상대로 되는 일이 별로 없었고, 변수가 많아 미리 한 걱정은 보통 쓸모가 없었다. 또 아이를 보는 것이 서툴렀기 때문에 그날 그 순간에 집중하는 것밖에는 할 수가 없었다. 정말 나의 기질과 안 맞는 행위였지만, 의외로 육아가 싫지만은 않았다. 아기가 원하는 것, 아기가 느끼는 것, 아기가 기뻐하는 것에 집중하다 보면 여태껏 한 번도 살아보지 못한 새로운 세계로 빨려 들어가는 느낌이었다. 그 세계는 서툴지만 귀엽고, 적나라하지만 사랑스럽고, 갓 삶은 아기수건 냄새가 가득했다.

　나는 어릴 때부터 이해인 수녀님의 시가 너무 좋아서 다이어리에 빼곡히 옮겨 적고 여러 번 보았다. 최근에 가장 좋아했던 시는 〈그 사랑 놓치지 마라〉인데, 다음과 같은 구절이 있었다.

　　　　상상 속에 있는 것은

　　　　언제나 멀어서

　　　　아름답지

　　　　그러나 내가

　　　　오늘도 가까이

　　　　안아야 할 행복은

　　　　바로 앞의 산

　　　　바로 앞의 바다

　　　　바로 앞의 내 마음

　　　　바로 앞의 그 사람

엄마 나한테만
집중해 하는 듯한 눈빛입니다

어쩌면 우리가 정말 집중해야 할 것은 내일을 위해 오늘 무엇을 해야 할까가 아니라, 오늘을 위해 지금 어떻게 해야 할까가 아닐까. 미래를 위해 오늘을 사용하는 것은 생각보다 밑지는 거래일지도 모른다. 바로 앞의 그 사랑을 놓치지 않게 해달라고, 오늘도 기도한다.

나의 사춘기

나는 대단히 반항적인 학생은 아니었지만, 그렇다고 그다지 모범생도 아니었다. 흔히들 중2병이라고 하는 것이 나에게도 있었는데, 어린이대공원 소풍날 선생님이 3시쯤에 해산을 하라고 했지만, 친구들과 몰래 더 남아서 놀다가 적발되었다. 정확히 말하자면 적발은 아니고 실컷 놀다가 늦게 집에 들어갔는데, 친구 어머니가 선생님께 전화해서 우리 아이가 아직 집에 들어오지 않았다고 문의를 하시는 통에 뒤늦게 발각 되었다. 벌로 한 달간 교내 낙엽 쓸기를 했는데, 철없는 이야기이지만 조금 운치가 있었다. 그때 당시 옆 반의 한 무리도 제때 귀가하지 않은 벌로 같이 낙엽을 쓸었는데, 한 달 동안 같이 낙엽을 쓸다 보니 꽤 친해져서, 다음번엔 우리 완벽하게(?) 해 보자는 결의를 하기도 했다.

록 음악에도 심취해서 음악을 괜히 크게 들었기 때문에 아직도 청력이 좋지 않고, 뜨거운 감자나 에이브릴 라빈(Avril lavigne)의 공연에 혼자 가기도 했다. 비틀즈(The Beatles), 그린데이(Green day)부터 산울림, 하바드(Havard)까지 CD 모으는 것을 좋아했는데, 이것은 어릴 때부터 라디오를 즐겨 듣던 언니의 영향을 받았다.

비평준화 지역에서 중학교를 졸업하면서, 집 앞에 있는 고등학교에 가기 위해 중학교 3학년 무렵부터 공부를 시작했다. 지금은 워낙에 교육 수준이 올라가서 나처럼 뒤늦게 공부를 시작한 학생에게도 기회가 있는지 잘 모르겠지만, 그때는 가능했다. 거꾸로 말하면 중학교 2학년까지 제대로 공부를 안 했다는 이야기인데, 집에서 특별히 공부를 열심히 하라는 압박이 없었기 때문에, 스스로 '지금부터는 적당히 놀고 공부를 해야 한다.'고 생각했던 것 같다.

조금 옆으로 새는 이야기이지만, 중학교 때는 공부

를 못했고 고등학교 때에는 공부를 잘하는 학생이었기 때문에, 두 가지 입장을 다 겪어본 나로서는 학교 교육의 문제점을 하나 알고 있다. 꽤 많은 선생님이 공부 잘하는 학생에게는 더욱 관대하다는 것이다. 사실 교육의 목적은 좋은 성적을 내는 것이 아니라, 공부를 통해 바르게 사고하는 법을 배우는 데에 있다. 물론 선생님들이 모든 학생의 공부 과정을 지켜보고 그에 맞는 칭찬해 줄 수는 없겠지만, 적어도 결과를 가지고 학생들을 차별해서는 안 되는 것이다. 하지만 내가 생각해도 고등학생 때가 소위 살기 편했던 것 같다. 중학교 때 소풍날 더 남아서 같이 놀던 친구 중에 공부 잘하던 친구는 낙엽을 쓰는 벌을 받지 않았다. 나도 속으로 그 친구는 그 시간에 공부를 하는게 좋을 것 같다고 생각을 했었던 것 같다. 어른들이 성적을 가지고 학생을 차별하면서, 학생에게 성적이 인생의 전부가 아니라고 말할 수가 있을까.

전봉건 시인의 〈사랑〉이라는 시에는 다음과 같은 구절이 있다.

지키는 일이다, 지켜보는 일이다
사랑한다는 것은

돌이켜보면 대단한 말썽꾸러기도 아니었지만, 또 모범생도 아니었는데 어머니가 나무라거나 압박을 준 적이 없었다. 항상 어머니가 지켜주었고 지켜보았기 때문에 장성할 수 있었다고 생각한다. 가족도 아닌 사람도 미주알고주알 잔소리하는데 어머니라고 하실 말씀이 없으셨을까. 다만 어머니는 지켜보는 가장 어려운 방법을 선택했을 뿐이고, 그것이 사랑일 것이다. 오늘도 행동보다 말이 앞설 때마다 이것이 사랑인지 고민해 본다. 그리고 한 걸음 떨어져서 지켜보는 사랑을 선택하기로 다짐해 본다.

혼자 있는 시간

　나는 혼자 있는 시간이 싫었다. 학생 때도 학생회관에서 혼자 밥을 먹으면 괜스레 눈치가 보였고, 혼자 있을 때의 외로움이 싫어서 일찍 결혼을 했다. 혼자 있는 시간이 좋아진 것은 본과 4학년 무렵부터였다. 매일같이 많은 동기와 생활하다 보니 공부하다가 혼자 걷는 어둡고 조용한 병원 복도가 좋아졌다. 전공의 시절에도 교수님, 환자들, 동기들과 북적대다 보면 혼자 있는 당직실이 가장 좋았다.

　혼자 있고 싶은 마음이 절정에 달한 것은 육아를 하면서 부터였다. 아기와 온종일 붙어 있다가 아기가 잠들고 나면 말 한마디도 하기가 싫어졌다. 오죽하면 남편이 이럴 거면 왜 결혼했냐고 이야기했다(농담이라고 했지만 일부 진심이 있었던 것 같다). 그런데 문제는, 혼자 있는 시간을 좋아는 하는데 그 시간에 무얼 하고 싶은지는 딱히 모른다는 것이었다. 나뿐만 아니라 생각보다 자신에 대해 잘 아는 사람은 많지 않은 것 같다. 내가 무엇을 좋아하는지, 무엇을 싫어하는지 곰곰이 생각해 보았지만, 딱히 떠오르지 않아서 무엇을 불편해하는지, 무엇을 편하게 느끼는지를 생각해 보니 꽤 많은 것들이 떠올랐다.

나는 다른 사람이 나를 쳐다보는 것을 불편해한다. 이게 어느 정도냐 하면 직원식당에서 밥을 먹으면 늘 소화가 잘되지 않았다. 처음에는 스스로가 사회성이 너무 떨어지는 것 같아 일부러 더 자주 직원식당에 갔다. 하지만 사실 내가 왜 이럴까 고민할 필요도 없고, 극복하려고 할 것도 없다. 나는 그냥 그게 불편한 사람인 것일 뿐 그 이상도 이하도 아니다. 늦었지만 나에 대해 알았으면 이제 나를 좀 더 편하게 해줄 차례다. 이 사실을 알게 된 후로는 일주일에 한 번 정도는 맛있고 조용한 밥집에서 혼자 밥을 먹기로 하였다. 일정상 직원식당에서 먹을 수밖에 없을 때는 가능한 제일 구석에 가서 먹었다. 그렇게 하고 나니 마음이 좀 더 안정되고 힘이 났다.

최근에 유행하는 성격 유형 검사 중에 MBTI라는 것이 있어서 나도 해보았다. 나는 ISTJ형이다. I는 내향(Introversion)/외향(Extraversion)형 중 내향적이라는 뜻이다. S는 감각(Sensing)과 직관(Ntuition)중 감각, 즉 경험에 따른 판단을 더 신뢰한다는 의미이다. T는 사고(Thinking)와 감정(Feeling) 중 사고, 즉 현실성을 더 중요시한다는 뜻이다. 마지막으로 J는 판단(Judging)과 인식(Perceiving) 중 판단형으로 P형에 비해 계획과 정돈을 더 좋아한다는 의미라고 한다. 듣고 보니 꽤 맞는 것 같다고 생각했는데, 사실 검사를 해보기 전에는 잘 몰랐던 것 같다. 스스로를 지나치게 외향적인 집단에 포함시키기도 하고, 직관적인 결정을 해 보기도 하고, 현실성보다 감정에 따라 판단한 적도 있고, 계획 없이 행동한 적도 있었는데 이런 행동들이 나의 성향과는 맞지 않아서 스트레스로 작용했을 확률이 높았던 것이다. 나를 가장 잘 알고 나를 가장 위해 주는 사람은 나

여야 하는데. 오늘도 가능한 스스로가 편안해하는 상
황으로 하루를 인도하며 나 자신을 배려해주겠노라고,
다짐 또 다짐해 본다.

아! 유느님

외과 계열 인턴이 힘든 점은 몇 가지가 있다. 첫 번째로는 수술방과 병동을 왔다 갔다 하는 게 솔직히 귀찮다. 왜인고 하니, 수술방에 들어갈 때는 감염예방을 위해 꼭 업무복에서 수술복으로 환복을 하고, 수술방 모자와 마스크를 쓰고 에어샤워를 해야 하는데, 왔다 갔다 하는 빈도가 늘어날수록 이게 그렇게 귀찮을 수가 없다. 사실 시간으로 따지면 10분 정도인데 체감 30분 정도는 걸리는 것처럼 느껴진다. 두 번째로 인턴은 보통 수술을 직접 하지는 않고 시야 확보를 위해 같은 자세로 무언가를 당기거나 들고 있거나 석션(suction: 음압이 걸리는 기구로 혈액이나 체액을 흡인하는 행위) 하는

수술방 복장

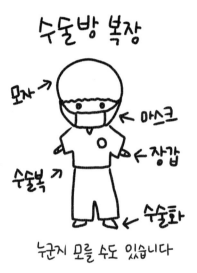

모자 →
← 마스크
← 장갑
수술복 ㄱ
← 수술화

누군지 모를 수도 있습니다

경우가 많아서 체력적으로 힘들 수가 있다. 땀이 한 방울 떨어질 것만 같은데 어느 타이밍에 누구한테 도움을 요청할지 고민하는 것도 참 난감하다. 세 번째로는 수술 스케줄이 꼬이면 식사를 못 하는 경우가 꽤 생긴다. 배가 고파서 시계만 바라보고 있었는데 급하게 다음 수술로 투입되면 힘이 쭉 빠진다. 그래서 인턴 때는 밥시간 계산을 잘하는 전공의 선생님이 그렇게 좋았다. '어. 이거 끝나고 옆방 수술 바로 이어지니까, 인턴샘은 차라리 지금 얼른 밥 먹고 와요.'하는 식으로 식사를 챙겨주면 정말 고맙다. 수술방은 환자의 저체온 유지를 위해 조금 싸늘한 편인데, 뜨끈한 국물이나 밥이 들어가면 맛있다는 표현 이상으로 행복했다.

가장 힘들었던 점을 꼽으라면 단연 수술방에 교수님과 오랜 시간 있는 것이었다. 조금만 시야가 나빠도 버럭 화를 내는 교수님도 있고, 지나치게 개인적인 질문을 하는 교수님도 있어 천차만별이었지만 전반적으로 긴장되고 불편했다. 나는 손을 쓰는 것을 좋아했지만 그런 수술방 분위기가 싫어 외과 계열은 전공 선택지에서 제외했었다. 하지만 그중에 예외는 있었으니, 바로 유 교수님이었다.

유 교수님의 수술방은 항상 차분했고 항상 인턴에
게도 존대를 해주셨다. 수술 도중에도 수술 과정이나
해부학적 구조물의 이름을 설명해주셨다. 필요치 않은
질문은 당연히 없었다. 수술도 깔끔하고 환자들에게도
인자하셔서 우리들은 교수님을 '유느님'이라고 불렀다.
나도 교수님의 그런 모습이 좋아서, 학생 선생님들, 인
턴, 레지던트 선생님들, 간호사님들에게 존대를 하게
되었다. 하지만 교수님의 인자함은 보이는 것보다도
많은 경험과 실력이 뒷받침되어 더욱 빛났을 것이다.

유 교수님은 위장관 파트였기 때문에 내과 전공의
시절 내시경적으로 제거할 수 없는 위암 환자를 자주
의뢰하기도 했다. 보통 수술 과에서는 내과에서 의뢰
하면 수술적으로 제거하기 힘든 경우 수술을 반려하는
경우도 꽤 있다. 하지만 유 교수님은 대부분의 경우 시
도해보겠다고 답을 해주셨기 때문에 내심 감사했다.
유 교수님을 요약하자면 '불편하지 않은 의사'였던 것
같다.

한번은 복막염이 의심되는 말기 위암 환자에 대해

서 협진을 의뢰한 적이 있다. 연세도 많고, 활력징후도 좋지 않아 당연히 수술을 하기 어려운 컨디션의 환자였지만 보호자가 꼭 외과 선생님의 의견을 듣기 원했다. 다른 외과 선생님이라면 수술 불가능한 환자를 협진 의뢰했다며 화를 낼 수도 있었겠지만 유 교수님은 침착하게 보호자의 이야기를 듣고 수술을 하기 힘든 이유를 조곤조곤 설명해주셨다. 의사의 역할이 수술이나 처치에만 있는 것이 아니라고 느꼈다.

멋진 롤모델이 있다는 것은 삶을 여러모로 편리하게 해준다. 선택의 순간에서 '그분이라면 이렇게 할 것 같다'는 적용을 가능하게 하기 때문이다. 삶에서 두 번 다시 마주치기 싫은 사람도 많이 만나게 되지만, 닮고 싶은 사람의 모습을 조금씩 나에게 저장해 나가며 성장하는 것, 그것이 인생의 묘미가 아닐까.

약한 사람

나는 감사히도 자라면서 특별히 아픈 곳은 없었기 때문에 출산을 위해 처음으로 입원이란 것을 하게 되었다. 예정일이 지났기 때문에 익일 유도분만을 위해 전날 저녁에 입원했다. 그런데 자정부터 진통이 시작되었고 8시간 동안 자궁경부는 10cm까지 열렸다. 경부가 다 열렸다고 하여 속으로 이제 다 되었다고 생각했는데 아기가 하강이 잘되지 않아 경부가 열린 상태로 진통만을 계속했다. 네 시간쯤 지나자 태반이 조기 박리되고 태아 심박수가 불안정하여 응급 제왕절개를 해야 한다고 했다. 급하게 수술실에 들어가서 교수님의 얼굴을 보니 여태까지와 다르게 긴장하신 기색이 있었다.

"엄마는 이렇게 잘했는데… 이 녀석 나오면 엉덩이를 때려줄 거야!"

걱정이 되었는데 그 말을 해주셔서 속으로 '아, 우리 아이가 살아서 나올 건가 보다.' 하고 안심했다. 다행히 아기는 건강히 태어났다.

수술 다음 날 신기한(?) 경험을 하게 되었는데, 보호자인 남편이 옷을 갈아입는 도중에 간호사님이 병실에 들어왔다. 간호사님은 나의 활력징후를 측정하고 나가셨다. 남편이 민망했는지 나에게 왜 간호사님께 잠깐 문밖에서 기다려달라고 하지 않았냐고 볼멘소리를 했는데, 갑자기 나의 눈에서 눈물이 막 흘렀다. 산후 우울증이 겹쳤을 수도 있겠지만, 그때 느꼈던 감정을 정확히 기억한다. 나는 수술 직후라 보호자의 도움이 반드시 필요한 약자인데, 보호자가 나에게 서운해 하니까 세상이 무너지는 기분이었다. 그럴 리가 없는데도 남편이 화가 나서 나를 두고 떠나면 어떡하나 하는 막연한 불안감이 엄습해 왔다. 남편은 당황하며 사과했지만, 그때 당시 느꼈던 한없이 약한 사람의 심정은 선명하게 기억한다.

퇴원 예정일은 토요일이었는데, 뇌척수액이 새는 척추마취 후 부작용이 심해서 시술을 받고 퇴원을 해야 했고 시술은 평일에만 가능했기 때문에 퇴원이 월요일로 미루어졌다. 움직일 때마다 뇌척수액이 계속 새서 눈앞이 보이지 않고 머리가 깨지는 듯한 두통이 있었기 때문에 3일 동안 누워만 있었는데, 마치 식물이 된 듯한 기분이었다. 시술받고도 계속 이러면 어떡하나 하는 공포감도 들었다. 다행히 시술은 잘되어 월요일에 퇴원했다.

누워있는 3일 동안 꽤 많은 환자들의 모습이 눈앞을 스쳐 지나갔다. 나의 사무적인 말투에 서운해하던 환자, 나의 설명에 눈물 흘리던 환자, 나의 미소에 더 크게 웃어주던 환자…. 그들은 한없이 약한 사람이었고 내가 무척이나 강해 보였겠구나. 미래에 대한 확신 없이 많이 불안했겠구나. 의사도, 보호자도 나에게 더 집중해 주었으면 했겠구나.

지난주에 외래에서 만난 한 할아버지는 간암, 대장암으로 수술을 받았는데 이번에는 방광암이 걸렸다고 한다. 나에게는 방광암 수술 전 당뇨 조절을 위해 내원했다. 들어오자마자 의사들이 암이 더 이상 안 걸리게 약을 제대로 줬어야지 자신을 방치해서 암이 걸렸다고 큰소리를 내셨다.

"고생이 얼마나 많으십니까. 자주 아프면 정말 서럽지요. 수술은 잘해주실 겁니다."

별것 아닌 나의 말에, 할아버지는 눈물을 흘리며 정중히 인사를 하고 나갔다.

의사는 약한 사람을 건강하게 해주는 직업이기 때문에, 약한 사람이 되어 보고 약한 사람을 이해할 수 있게 된 것은 나에게 큰 축복이었다. 그날 이후로 나는 노력하지 않아도 환자들의 마음을 더 잘 느끼게 되었다. 항상 약한 사람도, 항상 강한 사람도 없을 것이다. 다만 약할 때 강한 미래를 꿈꾸고, 강할 때 약한 과거를 떠올릴 수 있다면 그것이 진정한 건강이 아닐까 생각해 본다.

온앤오프

인턴, 전공의의 힘든 점 중 하나는 온오프가 명확하지 않다는 것이다. 퇴근 후에도 꼭 병원에 남아서 일하는 것뿐만 아니라 전화나 메일을 통해 각종 문의를 많이 받게 된다. 그러다 보면 내가 지금 병원에 있는 건지 집에 있는 건지 모호해지고, 유선으로 해결할 수 없는 문의를 받게 되면 병원에 곧 가야 할 것 같은 찝찝함에 제대로 쉬지 못하기도 한다.

인턴 때 가장 친분이 있었던 친구는 효정이다. 효정이는 동갑 친구로 생각하는 방식이나 일하는 스타일이 비슷해서 둘이 곧잘 붙어 다녔다. 사실 레지던트도 둘이 같은 병원에서 하고 싶어서 몇 군데를 알아보기도 했었지만 잘되지 않았다. 효정이는 집이 병원과 멀어 아예 당직실에서 생활하다가 한 번씩 집에 다녀왔다. 나는 몇 시간 되지 않는 오프도 꼭 집에서 샤워를 하고 눈을 붙이고 나와야 쉰 느낌이 들었기 때문에, 그런 점에서는 조금 달랐다고 볼 수 있겠다. 어쨌든, 효정이의 경우에는 그렇게 병원에 오래 체류해도(?) 스트레스를 받지 않는지 늘 느긋해 보이고 다정했다. 난 그런 효정이가 참 좋았다.

그 사람 다음으로 친분이 있었던 친구는 연지 언니였다. 언니는 항상 전날 집에서 간식들을 싸 와서 우리가 출근하자마자 꼭 간단하게라도 먹고 일을 하게 챙겨주었기 때문에, 우리는 아기 새처럼 언니를 의지했다. 언니도 다정함이라면 둘째가라면 서러운 사람이었는데, 효정이나 내가 불합리한 일을 당하면 함께 발끈해 주는 반전매력도 있었다. 글을 쓰다 보니 또 언니가 보고 싶어진다.

나와 효정이, 연지 언니 그리고 은성이는 같은 당직실을 사용했다. 은성이는 우리의 귀여움을 독차지하는 막내였는데 어떤 면에서는 가장 똘똘한 친구였다. 하

연말에 찍었던 단체사진

루는 내가 오프 때 병원 생각을 너무 많이 해서 스트레스를 받는다고 고백했는데, 은성이는 눈을 동그랗게 뜨며 대답했다.

"진짜? 언니, 왜 그래? 나는 병원 문 나서자마자 병원 생각 하나도 안 들어!"

그때 머리를 한 대 맞은 듯한 충격을 받았다. 동시에 은성이가 참 부러웠다.

따지고 보면 일터가 아닌 곳에서 일 생각을 많이 한다고 꼭 좋으리란 법은 없었다. 물론 1, 2년차 때는 처방을 하고 치료계획을 세우는 것이 빠르고 정확하지 않기 때문에 퇴근하고도 내 처방이 맞을지 곰곰이 생각해 보고 필요한 공부를 더 하는 것이 도움이 되었다. 하지만 후배 의사를 가르치는 지금까지 계속해서 병원과 가정의 경계가 모호한 것은 조금 개선이 필요하다고 생각했다. 특히, 딸이 태어난 이후로는 더더욱 일과 집을 구분해야겠다고 생각했다. 소위 착한 아이 콤플렉스처럼, 나에게도 착한 의사 콤플렉스 같은 것이 있없는지 일을 하느라 집에 늦게 가고, 집에서도 환자 생각을 하는 의사가 좋은 의사라는 무의식이 있었던 것 같다. 하지만 정말 좋은 의사는 환자를 만난 순간에 꼼꼼하고 정확하게 진단을 하고, 최신 진료지침에 따라 치료계획을 세우고, 그 계획을 환자에게 잘 설명해 주는 의사이지 않을까. 남녀 사이에도 만남의 순간에 최선을 다하는 것이 중요하지, 헤어지고 나서 잡생각을 많이 하는 것이 큰 도움이 되지 않는 것처럼 말이다. 환자를 만나는 동안 의무를 다했다면, 가정에서는 온전한 어머니이자 아내가 되어도 될 것 같다.

남편이 최근 작성 중인 논문에 대해서 이런저런 생각이 많아서 들어주다가 내가 한마디 하게 되었다.

"여보, 병원 생각은 병원 문을 나서며 병원 안에 두고 오세요. 안 그러면 너무 스트레스 받잖아."

내 말을 들은 남편은 뜬금없이 큰 감동을 했다고 한다. 그만큼 내가 병원 일을 병원에 두고 나오지 못했던 사람이었음을 잘 알기 때문이었을 것이다. 쓰다 보니 내가 굉장한 온앤오프 능력자 같지만, 사실 아직도 잘 못하는 일 다섯 손가락에 든다. 하지만, 일하는 것만큼 일하지 않는 것도 굉장히 중요하다고 매일같이 다짐한다.

일하는 임산부

2년차가 되던 무렵 받게 된 건강검진에서 다소 당황스러운 결과를 받게 되었다. 난소, 자궁, 갑상샘, 유방, 폐, 간 등에 결절이 여러 군데 발견된 것이다. 특히 난소는 양쪽에 모두 4cm, 6cm가량의 좋지 않은 모양의 종양이 있었기 때문에, 가임력이 떨어질 가능성이 크고 절제술이 필요할 수 있다는 이야기를 들었다. 그때 당시 나는 결혼 4년차였고, 인턴과 1년차를 거치며 임신은 전혀 고려하지 못하고 있었다. 검진 결과를 가지고 인공수정으로 유명한 산부인과에 갔는데, 초음파 사진을 보시자마자 교수님은 버럭 화를 내셨다.

"미룰 게 따로 있지! 그깟 일 때문에 4년이나 놓쳤어?"

내가 전공의 2년차여서 출산이 쉽지 않음을 고백하자 화를 더 내셨다. 당장 임신을 시도하고 3개월 내에 소식이 없으면 인공수정을 고려해야 한다고 하셨다. 슬퍼할 겨를 없이 검사들은 빠르게 진행됐다. 정말 감사했던 것은 3개월 이전에 아기가 인공수정 없이 찾아왔다.

문제는 그다음부터였다. 그동안 내가 병원에서 남들이 하기 싫어하는 일을 많이 해왔기 때문에, 나의 가임력에 제한 시간이 있었기 때문에, 나의 임신이 조금이라도 이해받을 수 있지 않을까 생각한 것은 나의 착각이었다. 임신 사실을 밝힌 이후로, 매일같이 반복되는 다양한 종류의 괴롭힘에 시달렸다. 친했던 인턴 동기들은 모두 뿔뿔이 흩어져 다른 병원에서 레지던트를 하고 있었기에, 내 편이 없었다. 국가인권위원회에 진정 신청을 하기도 했지만, 슬프게도 인권위원회는 일 처리를 하는데 수개월이 걸렸고, 조사관은 나를 보호해주는 것보다 진정을 철회시키는 데에만 관심이 있어 끝내 마음만 상한 채로 진정을 철회했다. 결국 임신 이후로 수련병원에 트라우마가 생겨 현재 재직 중인 병원에 임용을 신청해서 강사직부터는 병원을 옮기게 되었다.

일하는 임산부가 가지는 고충이 나만의 것이라고 생각하지 않는다. 한 생명을 세상에 탄생시키기 위해, 엄마는 몸도 마음도 계속해서 다져진다. 임신과 출산 이후로 임산부를 포함한 사회적 약자의 마음을 더 이해하고 관심을 가지게 되었기 때문에, 이런 경험들이 귀하다고 생각한다. 아직까지 상처가 아물지 않은 듯, 마음 한편이 쓰라리기는 하지만.

최근 같이 일하는 강사 선생님 중 한 분이 임신을 하셔서, 어떤 도움을 줄 수 있을까 고민을 해 보았지만 아무래도 친분이 깊은 사이가 아니어서 망설여졌다. 간호사분들에게 선생님이 힘들어 보이면 내 쪽으로 환자를 많이 보내 달라고 했다. 우연히 선생님과 대화할 기회가 생겨, 진료를 내가 대신 보고 휴식을 좀 하는 것이 어떻겠냐고 제안하니 한사코 거절하셨다. 분만을 조금 앞두고 아기 선물을 꼭 주고 싶어 몰래 자리에 두었는데, 직접 찾아와 너무 감사하다고 했다. 선생님이 예정일보다 일찍 출산하게 되어서, 축하드린다고, 병원일 중 대신해주었으면 하는 일을 알려달라고 하니 정말 고마워하셨다.

자존감이라는 것은 내가 생각해도 멋지다고 생각되는 행동을 내가 할 때 높아진다고 한다. 내가 임신했었을 때 듣고 싶었지만 듣지 못했던 말들, 받고 싶었지만 받지 못했던 선물을 동료 선생님에게 해주고 나니 내가 생각해도 내가 참 멋있다. 좋은 행동을 모방하는 것도 쉬운 일은 아니지만, 나쁜 행동을 집어삼킨 채 좋은 행동으로 나타내는 것은 정말 어려운 일이기 때문이다. 이만하면 조금은 으쓱해도 되는 거겠지.

마지막 당직

전문의 2차 시험이 끝나고, 전임 발령 직전인 2월 설 연휴에 전공의로서 마지막 당직을 서게 되었다. 나는 당직 날이면 병원 내 편의점에서 좋아하는 간식을 잔뜩 사서 당직실에 놓고 조금씩 먹었는데, 결제를 할 때 이게 마지막인 건가 싶어서 기분이 이상했다. 선호했던 간식은 비타민 음료, 구운 메추리알, 스트링 치즈, 컵떡볶이였다. 그 중 비타민 음료는 어려운 콜을 받고 당직실로 복귀할 때마다 한 병씩 까먹었기 때문에, 당직이 끝날 무렵에는 수북이 음료병이 쌓여 있기도 했다.

수련 기간 동안 가장 기억에 남는 당직은 아무래도 가장 힘들었던 날이었던 것 같다. 내과 당직 때 가장 힘들고 오래 걸리는 상황을 꼽으라면 뭐니 뭐니 해도 심정지 상황이다. 1년차 중반쯤이었다. 입원 환자 중에 심정지 환자가 발생해서 부랴부랴 응급처치를 하고 중환자실로 이송했는데, 응급실로 심정지 환자가 내원했다며 빨리 와달라고 했다. 그런 날은 환자에게만 집중하다 보면 어느덧 해가 뜨며 병원 안이 밝아져 흠칫 놀라기도 한다. 여담이지만 2년차이던 김 선생님과 내가 함께 당직을 서면 꼭 비슷한 상황들이 연출되어서, 김 선생님이 나와 당직을 피해서 계획을 짜겠다고 미리 당직일을 알려달라고 농담을 하기도 했었다. 심지어 중환자실 간호사들도 내과 당직표를 보며 나와 김 선생님 이름이 함께 있으면 '이 날 안 좋은데….'라며 별표를 치기도 했다. 하지만 실제로 당직표를 그렇게 섬세하고 오래 고민하며 짜지는 못하기 때문에, 나와 김 선생님은 늘 함께 응급처치를 하고 끝날 무렵 서로를 바라보며 실소했다.

다행히 마지막 당직 날의 환자들은 매우 응급하거나 처치가 힘든 케이스는 없었다. 당직의 피로도를 좌우하는 요소 중 하나는 밤에 응급실로 얼마나 많은 환자가 오냐인데, 마지막 날은 한두 명 정도여서 잠도 꽤 잘 수 있었다. 묘하게 허무한 기분까지 들었다.

마지막 당직이 수월했던 것은 운도 따라 주었겠지만, 그만큼 내가 숙련되었기 때문이었을 것이다. 응급실에서 이러이러한 환자가 왔는데 어떻게 할까요, 하고 노티(notify)를 받으면 머릿속에 '이런 것은 다시 체크 해보고, 이런 검사를 먼저 하고, 수액은 어떻게 주고, 퇴원 시 약은 이렇게 지어주어야겠다'고 계획이 세워졌기 때문이다.

나는 사실 자존감이 다소 낮은 편이어서, 항상 스스로 부족한 느낌이 들었다. 지나고 나서 알게 되었지만, 스스로를 이렇게 여긴다는 것을 눈치챘는지, 몇몇 사람들은 이것을 악용하기도 했던 것 같다. '너는 부족하니까 다른 잡일을 더 해야 부족함을 메꿀 수 있다, 너는 이 집단에서 중요한 인물이 아니니까 더 무시당하거나 힘들어도 된다'는 식으로 말이다. 하지만 이런 식으로 생각하고 행동한 사람들이 잘못되었다는 것을 마지막 날에야 알게 되었다. 나는 주어진 환경에서 늘 최선을 다했고, 그만큼 꾸준히 성장해서 꽤 능숙한 내과 의사가 되어가고 있었다.

훌륭한 무용수가 춤을 추는 것을 바라보면 한없이 가볍고 부드러워 보이지만, 사실은 엄격하고 철저한 수많은 연습이 뒷받침된다. 스스로 움츠러들고 자신이 없을 때, 전공의로서 마지막 날을 떠올린다. 그날 느꼈던 후련함과 허무함, 매끄럽게 일이 진행되던 리듬감을 기억한다. 숙련되어간다는 것은 참 고통스러운 일이지만 또한 아름답기도 하다.

병동

실망하지 않는 마음

소화기내과 그중에도 간담췌내과 환자들은 알코올 중독 환자가 많다. 김정봉 환자도 한때는 알코올중독 환자였다가 간암 말기로 항암치료를 위해 입퇴원을 반복하던 중이었다. 항암치료는 꽤 잘 듣고 있었으나 환자가 아직도 음주, 흡연을 반복해서 보호자인 아내가 그만하라고 대신 말해달라고 부탁을 했다. 환자와 아내를 상담실로 불러 여태껏 촬영했던 CT 사진과 피검사 결과를 보여주며 치료가 이렇게 잘 되고 있으니 금주, 금연하고 같이 잘 치료해 보자고 했다. 김정봉 환자는 눈을 반짝이며 알겠다고 했다.

퇴원 후 며칠 지나지 않은 금요일, 환자가 열이 나고

의식이 저하돼서 응급실에 왔다. 보호자에 의하면 환자는 퇴원해서도 음주, 흡연을 했다고 했다. 이전과 달라진 모습으로 환자를 다시 마주하게 되면 의사도 심장이 쿵 내려앉는다. 하지만 내과 의사는 쿵 내려앉은 심장을 얼른 제자리에 놓고 빠르게 환자를 위한 치료를 하도록 훈련받는다. 패혈증(Sepsis)이 가장 의심되는 상황이어서 수액(Fluid)과 승압제(Vasopressor: 혈압을 상승시키는 약제), 항생제(Antibiotics)를 시작했고 환자는 더 나빠지지는 않은 채로 입원을 하게 되었다.

퇴근 전에 환자를 다시 보러 갔는데 희미하게 눈을 뜨고 나를 쳐다보았다. 환자가 내일까지 살아있을 거라는 장담이 되지 않았다. 보호자인 아내에게는 활력 징후가 불안정하여 오늘 임종 가능성이 있다고 설명했다. 아내는 가슴을 치며 펑펑 울었다. 다음날부터 주말이라 당직 의사가 환자를 보게 되는 날이어서 마음이 놓이지 않았다. 환자에게는 내일 내가 들를 테니 내일 만나자고 말했다. 그렇게 말하면 환자가 내일까지 버텨줄 것 같았다.

다음 날 아침 병원에 갔는데 환자는 어제보다 활력

징후는 꽤 안정되었지만, 여전히 의식은 혼미했다. 손을 잡고 '김정봉 님.' 하고 부르니 희미하게 눈을 떴다.

"잘하고 계셔요. 내일 또 뵈어요."

환자의 눈이 희미하게 웃었다. 밤새 활력징후 추이와 오전 혈액검사를 참고하여 승압제와 항생제 용량을 조절하고, 당직에게 잘 부탁한다고 인계를 하고 집으로 왔다.

다음날 제일 먼저 환자를 보러 가니 환자는 앉아서 아내와 대화를 하고 있었다. 밤새 투약이 잘 들어 고열도 혈압도 안정화되고 감염도 잡혀가는 것이었다. 환자와 반갑게 인사를 했다. 환자는 내 손을 잡고 전일 일을 다 기억한다며 고맙다고 했다. 보람이라는 단어로는 충분히 설명되지 않는 순간이었다. 그 이후에 환자는 반찬이나 영양제도 먹어도 되는지 나에게 꼬치꼬치 물었다. 내가 먹지 않는 게 좋겠다고 하면 그 자리에서 쓰레기통에 버리는 다소 과격한(?) 다짐도 보여주었다. 금주, 금연도 물론 성공했다.

나는 서로 실망하지 않는 사회가 이상적인 사회라고 생각한다. 물론 상대방이 나의 조언과 다르게 행동을 했을 때 실망하는 마음이 들 수는 있다. 하지만 말로 '나는 당신에게 실망했어요.'라고 한다거나 행동으로 상대방을 포기했음을 들어내서는 안 된다. 누구도 그럴 자격이 없는 것이다. 상대방에게 실망하는 마음이 들었다면, 그 사람이 잘 되길 바라는 마음으로 더욱 오랜 시간 지켜봐 주어야 한다. 실망하지 않는 마음은 한 사람을 평생 옭아매던 중독에서 구해낼 수도 있고 죽어가는 사람을 살리기도 하기 때문이다.

파란 하늘을 보는 기쁨

    혈액종양내과 환자들은 2~3주 간격으로 입원해서 항암치료를 받고 퇴원하기 때문에 병원 시스템에 관해 빠삭하다. 입원하면서 오늘 저녁부터 항암치료를 시작하고 내일모레 퇴원한다는 사실을 알고 있고, 옆자리 환자에게 병원 내 편의시설 안내를 해주기도 한다. 이정웅 환자도 그런 환자였다. 사실 전공의 시절에는 환자가 항암치료가 끝났는데 특별한 이유 없이 며칠 쉬고 가고 싶다, 주말 지나고 월요일에 가고 싶다고 하면 그만큼 일이 늘어나기 때문에 반갑지는 않다. 하지만 이정웅 환자는 항상 힘들지 않냐고 물으면 힘든 것이 없다고 했고, 항암이 끝날 때쯤 자리에 가보면 이미 퇴원하고 자리에 없었다. 그렇게 정웅 씨는 2년 동안 쿨한(?) 환자였고 그런 정웅 씨가 내심 고마웠다.

전공의가 끝나갈 무렵 다시 만난 정웅 씨는 삐삐 말라있었고 침대에 누워있는 시간도 더 늘어났다. 백혈구 수가 줄어 감염에도 자주 걸리고 식사량도 많이 줄어 영양제를 맞고 있었다. 나를 만날 때마다 퇴원하고 싶다고 해서, 퇴원을 못 하는 이유를 설명하는 데 회진 시간의 대부분을 썼다. 환자 옆에는 젊은 아내와 어린 아들 둘이 있어서 그동안 그가 왜 그렇게 빨리 집에 가고 싶어 했는지 이해가 되었다.

그날 아침에도 이정웅 환자에게 불편한 것이 없냐고 물으니 없다고, 없으니 퇴원하고 싶다고 했다. 나는 또 설명하는 수밖에 없었다.

"지금 혈압도 낮고 열도 나고 식사도 못 하시고…"

내 말을 듣고 있던 정웅 씨가 말을 잘랐다.

"선생님. 저 오늘 죽을 수도 있다는 말이시죠? 저 잘 알고 있어요. 매일 말씀 해주셨잖아요. 그런데요, 선생님! 저 오늘 죽을 수도 있으면 더더욱 병원에 안 있을래요. 아침에 엑스레이 찍느라고 잠깐 밖을 지나갔는데, 오늘 하늘이 정말 파랗더라고요. 저, 하루라도 파란 하늘 보면서 아내랑 아이들과 보내고 싶어요. 선생님, 저 퇴원시켜주세요."

환자들이 죽기 전에 해보고 싶다고 말하는 것들은 굉장히 사소한 것들이다. 내 집 내 침대에 눕고 싶다. 집 밥이 먹고 싶다. 수액 줄을 뽑고 샤워를 하고 싶다. 마스크를 벗고 공기를 마시고 싶다. 어머니가 보고 싶다…. 어느 곳보다 의학적이고 객관적이어야 하는 병원에서, 때로는 이런 비의학적이고 주관적인 이유가 중요해지는 순간이 온다. 정웅 씨는 그날 퇴원을 했고, 다음날 오후 응급실을 통해 다시 입원하여 서서히 컨디션이 저하되다가 하늘나라로 갔다.

그날 이후로 파란 하늘을 보면 가끔씩 정웅 씨가 떠오른다. 그때 퇴원을 시켜주지 않았다면 정웅 씨는 얼마나 더 살았을까? 퇴원해서 무엇을 했을까? 파란 하늘을 실컷 보았을까? 많이 힘들지는 않았을까? 아직도 정답을 잘 모르겠다.

가장 특별한 인연

지은이는 뽀얀 피부에 긴 속눈썹이 눈 밑까지 그늘진, 항상 좋은 향기가 나는 열다섯 살 남짓의 여자아이였다. 뇌종양 수술 후 만성뇌하수체기능저하(Hypopituitarism: 뇌하수체의 호르몬 분비가 저하된 상태로 다양한 결핍 증상이 동반된다)로 눈을 뜨거나 말을 할 수는 없었고 인공호흡기로 호흡을 대신하고 있었다. 그런 지은이가 눈을 뜨고 대화를 한다면 목소리도 예쁘고 눈빛도 맑을 것 같은 느낌이 들었다.

사실 장기 입원 환자가 말끔히 누워있는 것은 매우 힘든 일이다. 보호자가 수시로 분비물을 닦아주고, 물을 받아 머리도 감겨주고, 욕창이 생기지 않도록 체위도 자주 바꿔주고, 베갯잇이나 시트로 자주 바꿔주어야 한다. 그렇게 힘든 일을 하루도 빠짐없이 하고 있던 사람은 지은이의 어머니였다. 어머니는 오랜 간병에 지친 기색 없이 항상 온화한 미소로 의료진에게 감사 인사를 전했다. 그러는 와중에도 지은이의 상태가 조금이라도 변하면 질문을 하고 적극적으로 피드백을 해주어서 지은이가 이토록 예쁘게 커가는 이유를 알 수 있었다.

그렇게 보통의 주말이었는데 지은이의 심음이 느려진다는 노티(notify)를 받고 달려가 보니, 새하얀 다리에는 붉은 혈전들이 생겨있었고 청진상 심음(Heart sound: 심장이 수축, 이완하며 들리는 소리)이 들릴 듯 말 듯 느리게 들렸다. 거동을 못하는 환자에게 잘 생기는 혈전증이 가장 의심되는 응급 상황이었다. 지은이는 오랜 병원 생활로 연명의료중단 신청을 한 환자였다. 때마침 어머니는 편의점에 가시고 자리에 없었다. 일단 환자를 중환자실로 옮기고 항혈전제와 승압제, 항생제, 산소, 수액을 투여하고 어머니에게 전화를 했다. 지은이가 심장이 멎을 것 같아서 중환자실로 내리고 응급처치를 했는데 연명의료중단상태여서 적극적인 연명 치료를 하기에 한계가 있어 전화를 드렸다고 하니 놀라서 한동안 말을 잇지 못하였다.

"선생님, 정말 죄송합니다. 할 수 있는 건 다 해주세요. 우리 지은이 살려주세요. 정말 죄송합니다. 정말…."

어머니의 말이 떨어지기 무섭게 지은이의 심장이 멈춰서 심폐소생을 해서 돌려놓았다. 한 시간쯤 뒤 또다시 심장이 멈춰서 심폐소생을 해서 돌려놓고, 잠시 후 또다시 심장이 멈춰 돌려놓고, 그렇게 수차례를 반복하다가 그날 늦은 저녁 가족들은 지은이를 보내주기로 했다.

퇴근길에 눈물이 조금 났던 것은 나에게도 돌쟁이 딸이 있었기 때문일지도 모르겠다. 딸이 7개월 무렵에 고열이 40도 내외로 떨어지지 않아서 응급실에 한 번 데리고 간 적이 있다. 그때 느꼈던 공포는 태어나서 처음 느껴보는 감정이었다. 내가 가진 모든 것이 소용없

게 느껴졌고 왜 다른 가치들을 딸보다 많이 우선시했
는지 너무 후회됐다.

　어머니와 딸의 관계를 지칭하는 수많은 수식어가 있
지만, 나는 그냥 '가장 특별한 인연' 정도로 표현하고
싶다. 어머니는 사실 딸에게 할 수 있는 건 다 해주고
싶지만, 동시에 내가 너에게 다 해주었다는 부담을 주
고 싶지는 않기 때문이다. 지은이의 어머니도 속마음
은 '지은아, 넌 나의 전부였어.'라고 말하고 싶었을 것
이다. 하지만 어머니는 끝까지 딸을 위해 '지은아, 넌
나의 가장 특별한 인연이었어. 엄마 걱정은 말고 하늘
나라에서는 아프지 말고 편히 쉬렴.'이라고 말했을 것
이다.

사라지지 않은 통증

1년차 첫 달은 누구에게나 가혹하다. 낮에 담당 환자에 대해 처치를 하는 것만으로도 버거워 퇴근 시간 이후에 신환(신규환자: 병력이나 내원 사유 등 구체적인 병력 청취 후 검사 및 치료방침을 결정해야 하기 때문에, 이미 재원 중인 환자에 비해 시간이 많이 할애된다) 오더를 내고 회진 준비를 했다. 신환이 많이 오는 날일수록 일이 끝나면 너무 늦어져서 병원에서 자는 사람도 많았는데, 나는 한 시간을 자더라도 집에 가서 씻고 잤다. 병원에서 자면 분명 같은 시간을 자도 개운하지가 않았다.

1년차를 더 힘들게 하는 것은 교수님들의 불신(?)과 초짜 의사를 업신여기는 일부 환자들이다. 똑같은 처방을 하더라도 고년차가 하면 이유가 있겠거니 하는데 1년차의 처방에 대해서는 일단 의심하고 보기 때문에, 이점이 도움이 되면서도 서럽다고 할 수 있다.

반면 1년차이기 때문에 더 배려를 해주는 좋은 사람들도 있다. 대부분의 간호사분이 그랬던 것 같다. 그중에 신애 간호사는 내가 밥을 못 먹고 일하는 것을 알았는지 음료수나 케이크 등 간식들을 자주 챙겨주었고, 환자에게 간단한 설명은 대신해주기도 했다. 사실 나와 나이가 비슷해 보여서 친구가 되고 싶다고 생각했었는데, 내가 3년차 때 일을 그만 두어서 만날 수 없게 되었다(신애 씨, 정말 고마웠어요. 나중에 만나면 커피라도 한 잔해요).

말기 폐암의 다발성 뼈 전이로 통증이 심한 환자가 통증 조절을 위해 전일 응급실을 통해 입원했다. 아침에 미리 라운딩을 가보니 환자는 자고 있었고, 통증은 좀 어떠냐는 질문에 나가라며 손을 휘휘 내저었다. 교수님과 회진을 시작하는데 복도 끝에서 소리가 들렸다.

"으아아악!!!"

놀라서 다 같이 뛰어가 보니 아까 그 환자였다.

"아파서 죽겠는데 이놈의 병원은 해주는 게 하나도 없어!!!"

빠르게 주사 통증 완화제를 주었지만, 담당 교수님의 비난을 피할 수는 없었다.

"너 아까 이 환자 통증 괜찮다고 했잖아. 환자 본 거 맞아? 통증 조절하나 하러 온 환자인데 그거 하나도 제대로 못 해서 이 난리가 나?"

등에서 식은땀이 흐르는 게 느껴졌다. 너무 당황해서 눈물도 안 났다. 환자가 이렇게 난리를 치는데 아침엔 괜찮았다는 말이 신빙성이 있을 리가 없지 않나. 그냥 죄송하다고 했다.

교사로 일하고 있는 미국인 친구가 있는데, 한국 사람들은 너무 쉽게 사과한다고 한다. 본인은 정말 이유가 궁금해서 왜 그랬냐고 물으면 설명 없이 'sorry'라고 한다는 것이다. 요즘에는 좀 바뀌었지만 내가 자랄 때는 어린 사람이 말을 길게 하면 '어디 어른이 말씀하시는데 토를 다냐?', '그냥 죄송하다고 하면 되지 무슨 말이 그렇게 많냐'라는 얘기를 정말 많이 들었다. 갈등을 대화로 원만히 해결하지 않고 대충 빠르게 봉합하는 데 훨씬 손쉽기 때문이다. 하지만 이렇게 한쪽을 희생양으로 만드는 대화는 피해자의 마음에 평생 아픔으로 남는다.

그때 듣지 못했던 말이지만 과거의 나에게 말해주고 싶다.

"환자가 잠이 깨면서 통증이 갑자기 심해졌나 보다. 자주 있는 일이야. 송 선생도 많이 놀랐지? 얼른 주사 통증 완화제 주고, 먹는 약은 용량을 좀 더 늘리자."

윗사람에게 그런 말을 듣는 것을 상상만 해도 아픔이 조금 줄어든다. 그런 말을 해줄 수 있는 어른이 되는 과정이리라.

사랑의 다양한 얼굴

박호태 환자는 만성폐쇄성폐질환(Chronic obstru-
ctive pulmonary disease: 약자로 COPD)의 악화와 호전이
반복적으로 있어 자주 입퇴원하던 환자였다. 귀가 좋
지 않아 물어보는 말에는 보통 옆에 있던 젊은 아들이
대답해주었다. 보통 입퇴원을 자주 하면 보호자들이
번갈아 가며 간호를 하거나, 간병인이 간병을 돕는 경
우도 있는데 하루도 다른 보호자가 있는 법이 없었고
항상 아들이 옆에 있어 대단하다고 생각했다.

그날도 만성폐쇄성폐질환이 악화돼서 응급실을 통
해 입원을 했고, 아들이 함께 있었다. 보통 입원해서
치료를 받으면 하루 만에 반짝하고 좋아지셨는데 이번

에는 쉽게 의식이 돌아오지 않았다. 평소랑 상황이 달라서, 아들에게 어머니와 다른 가족들도 모두 오셔야 할 것 같다고 했다. 아들은 아버지가 살아생전에 가족들을 많이 괴롭혀서 어머니와는 연락 못 한 지 오래고 다른 가족들도 아버지가 보고 싶지 않을 것이라고 했다. 담담하게 말하며 아버지가 돌아가셔도 상관없다고 하는데 그동안 살뜰히 간호하던 모습과 겹쳐져서 조금 당황스러웠다.

사실 환자 곁에 남은 가족이 없거나 거의 없는 경우가 생각보다 꽤 많다. 모두 그런 것은 아니지만 폐 질환은 흡연력, 간 질환은 음주력과 보통 양의 상관관계를 가지기 때문에, 폐나 간이 안 좋은 환자 중에는 흡연과 음주를 일삼느라 주변 사람에게 소홀한 경우가 더러 있다.

다음날 환자가 혈압이 더 떨어지고 호흡음도 거칠어져서 1인실로 옮기고 지켜보는데, 아내와 다른 가족들이 왔다. 가족들을 상담실로 불러 여태껏 촬영했던 CT 사진과 피검사 결과를 보여주며 임종이 가까워지고 있음을 설명했다. 다른 가족들은 많이 우시는데 여태 간호를 했던 아들은 한 발짝 뒤에서 팔짱을 끼고 무뚝뚝한 표정으로 듣고 있었다. 그날 오후 박호태 환자는 모든 가족을 만난 후에야 하늘나라로 갔다. 임종 선언을 하는데 다른 가족들은 비교적 슬픔을 참고 있었지만 여태껏 간병을 했던 아들은 벽을 치며 서럽게 울었다.

한 사람을 떠올릴 때 드는 감정은 사랑뿐만은 아닐 것이다. 아무리 좋은 관계에서도 미움이나 원망이 조금도 없지는 않을 것이다. 하지만 우리는 때때로 그 미움과 원망만을 바라보고 사랑하는 마음은 무시하고 싶을 때가 있다. 그렇게 하면 마음이 좀 더 가벼울 것 같다. 하지만 결론적으로 보면 그렇지 않은 것 같다.

수련 과정을 떠올려보면 사실 좋은 일들보다 안 좋은 일들이 훨씬 많았다. 내 잘못이 아닌데 윗사람에게 혼나는 경우도 많았고, 최선을 다했는데 환자나 보호자에게 안 좋은 소리를 듣기도 하고, 동료 간에 오해가 생기기도 한다. 그럴 때마다 나는 그들을 미워했고 원망했다. 하지만 시간이 지날수록 '아, 그때 그 사람이 이런 점은 좋았었는데' 하는 면이 떠오르면 그때 당시에 좀 덜 미워할 걸 그랬다는 생각이 든다. 다른 누구를 위해서가 아닌 나의 마음을 위해서.

　박호태 환자의 아들도 나랑 비슷한 생각을 했을까? 많이 미웠지만 조금은 사랑했는데. 조금 덜 미워하고 조금 더 사랑할 것을. 사랑뿐인 것이 사랑이 아니라, 사랑도 있는 것이 사랑인 것을 하고.

조금 늦은 결혼식

보통 병원에 입원해 있는 환자라면 연약하고 말수도 없을 것 같은 편견이 있다. 하지만 환자 중에는 의사보다 더 건강한 에너지를 가지고 있는 분들도 있다. 내가 아침은 먹었는지, 잠은 잘 잤는지 살뜰히 챙기고 주머니에 두유 같은 것을 찔러주기도 한다. 최기옥 할머니도 말기 암으로 호스피스케어를 위해 입원했지만, 수다스럽고 밝은 환자였다. 할머니의 말을 그대로 빌리자면 '평생 밖으로만 싸돌아다니던' 남편분이 아프고 나니 계속 본인 옆에 있는 것이 좋다고 한다. 그래도 할아버지는 아직 간병이 어색한지 자꾸 자리를 비우시곤 해서 간호사들이 주의를 시키곤 했다.

그러던 할머니가 2~3일 사이에 급격히 말수가 적어
지고 주무시는 시간이 늘어났다. 우리는 할머니와 함
께할 시간이 길지 않음을 느낄 수 있었다. 할아버지와
임종 전 면담을 하는데, 할아버지는 젊은 시절 할머니
와 함께 시간을 많이 보내지 못한 것이 미안하고 후회
된다고 했다. 그중에 제일 미안한 것은 결혼식을 올리
지 못한 것이라고 했다. 할머니의 상태가 빠르게 나빠
지고 있었기 때문에, 우리는 급하게 원내 결혼식을 계
획했다. 같은 병실 환자들에게 양해를 구하고 풍선과
꽃과 케이크를 준비해서 조촐하게나마 식을 올렸다.
할머니의 숨소리는 많이 거칠어졌고 의식은 처지고 있
었지만, 식을 진행하는 동안에는 비교적 차분한 숨소
리로 눈을 감았다 떴다 하며 한 번씩 희미하게 웃기도
했다. 식의 말미에 할아버지가 할머니에게 편지를 읽어
주는 대목이 있었다.

　　"옥아… 그동안 우리 정말 고생 많았지…."

　　할아버지가 힘들게 입을 떼셨는데 자리에 있는 모

든 사람이 눈물이 터져 버렸다. 살아오면서 힘들었던 것, 함께 있어서 좋았던 것에 관한 내용이었는데 한 구절 한 구절이 너무 와닿고 슬퍼서 나도 들고 있던 풍선으로 얼굴을 가리고 울었다.

나와 남편은 학생 때 만났고, 남편이 인턴이고 나는 본과 4학년일 때 결혼을 했다. 신혼 때는 둘 다 저년차여서 서로 당직일이 어긋나면 일주일씩 못 만나던 때도 있었고 오랜만에 만나도 서로 부족한 잠을 자기에 바빴다. 그렇게 서로 여유가 없다 보니 더 의지하기도 하고 더 다투기도 했다. 남편은 나의 약한 모습, 내가 실패하는 모습들을 가장 가까이에서 본 사람인데도 항상 나는 강한 사람이고 더 존경받아야 한다고 말해주었다. 그렇기 때문에 한 남편이 아내에게 '그동안 우리 정말 고생 많았지' 하는 말에 바로 눈물이 났을 것이다.

나는 결혼식을 연세대학교 동문회관에서 하는 게 꿈이었는데, 남편이 너무 자랑하는 것 같다고 한사코 반대해서 결국 작은 예식장에서 하게 되었다. 그게 못내 아쉬워서 동문회관에서 결혼식을 한 사람들 사진을

찾아보기도 하고, 내 딸은 꼭 동문회관에서 결혼식을
해줘야지 하고 몰래 다짐을 하기도 했다.

좋은 결혼식은 어쩌면 어디에서 어떻게 하냐 보다
얼마나 서로가 서로를 위하고, 한시도 떨어지고 싶지
않은지가 중요한 것이 아닐까? 그렇다면 나도 최기옥
할머니도 더이상 결혼식에 미련을 두지 않아도 될 것
같다.

호두과자 한 상자

책상 위에 호두과자 한 상자가 올려져 있으면 차트를 열어보기 전에도 백기 할아버지가 입원하셨구나, 하고 먼저 알 수 있었다. 송백기 할아버지는 폐암 말기 환자였지만 표적치료제(Targeted agent: 정상 세포와 차이가 나는 암세포의 특정 부분을 표적으로 하여 선택적으로 공격하는 약물) 반응이 좋아서 2년이 넘게 같은 약제로 항암치료 중인 환자였다. 항암제에 대한 반응은 환자별로 천차만별이다. 백기 할아버지처럼 2년 동안 같은 항암제를 써도 꾸준히 종양 크기가 커지지 않고 잘 유지되는 환자도 있지만, 바꾸는 약마다 효과가 없어 한 달 간격으로 약을 바꾸다가 금세 쓸 약이 없어지는 환자도 부지기수다.

할아버지는 2주 간격 1박 2일로 항암치료를 받았는데, 지방에서 올라오시는 길에 휴게소에 들러서 꼭 호두과자를 한 상자씩 사다 주시곤 했다. 'CT 결과 암이 진행하지 않고 제자리에 있어서 같은 항암제로 맞으시고 내일 퇴원할게요.'라고 말을 하면 말이 끝나기도 전에 끄덕끄덕하시며 하회탈 같은 웃음을 지어주셨다.

그날도 책상에 호두과자 한 상자가 올려져 있었고 차트를 열어 CT를 보았는데, 여태까지와 다르게 종양이 커져 있었다. 바뀔 항암제는 계속 맞던 약에 비해 독하고 힘든 약들뿐이었다. 좋은 소식을 전하는 방법은 매우 간단하다. 농담을 섞어도 되고 간결해도 된다. 하지만 나쁜 소식을 전하는 것은 항상 어렵다. 진중하고 솔직해야 하며 충분한 설명이 뒷받침되어야 하기 때문이다. 그렇게 몇 번을 고민하고 할아버지께 갔다.

"송백기 님. 이번 CT는 결과가 좋지 않네요. 종양이 좀 커졌어요. 지금 쓰고 있는 약은 더이상 듣지 않을 것 같아요. 항암제를 바꿔야겠습니다…."

말이 다 끝나기도 전에 할아버지는 웃었다.

"응. 이만하면 오래 버텼죠. 다 선생님 덕분이에요. 나는 더는 항암은 안 하려고 그럽니다. 그동안 왔다 갔다 하느라 너무 힘들었어요. 그동안 감사했습니다."

이형기 시인의 '낙화'라는 시에는 가야 할 때가 언제인가를 분명히 알고 가는 이의 뒷모습이 아름답다고 했다. 그것은 현실과 자아의 종합분석이 가능할 때에만 내릴 수 있는 용기 있는 결단이기 때문이다. 나는 하다못해 직장, 지위, 여가와 같은 일상적인 것에서도 결정을 내리지 못해서 타인의 결정에 편승하는 경우가 많았다. 하물며 본인의 여명에 관한 일인데 담담하게 말하는 백기 할아버지의 모습에서 아름다움을 보았다.

학생, 인턴, 전공의를 거쳐 전문의가 되면서 많은 동료들이 나와 다른 선택을 하며 떠나갔다. 나는 가야 할 때가 언제인가를 몰라 아직 이곳에 있다. 내게도 그런 분명함이 생길까? 그런 날이 온다면 도망가는 것도 숨어버리는 것도 아닌, 봄날에 꽃이 지듯 아름다운 모습

이었으면 좋겠다. 오늘은 왠지 퇴근길 지하철역에서라도 호두과자를 사 가고 싶은 날이다.

흔한 웃는 얼굴

    은미는 첫 만남부터 내가 화장을 너무 못한다며 어디 제품을 쓰냐고 물었다. 은미는 재활의학과에 입원 중인 중학생 여자아이였다. 재활치료실에 잘 나타나지 않아서 은미를 부르러 가는 게 인턴의 중요한 일 중 하나였다. 치료 도중에도 힘들다며 그만두는 일이 많아서 내심 엄살쟁이라고 생각했다. 그런데도 은미를 미워할 수 없었던 것은 또래 아이들과 다름없이 호기심 많고 당찼기 때문이다.

    은미는 나보다 더 병원에 대해 잘 알았기 때문에 내게 병원 내의 아지트들을 한 군데씩 소개해주기도 했다. 그날은 옥상정원에서 같이 음료수를 마시고 있었는데 장난스럽기만 하던 은미가 갑자기 진지하게 내게 물었다.

"저도 치료 열심히 받으면 언니처럼 웃을 수 있어요?"

나는 은미가 치료를 열심히 받았으면 하는 마음에 '응. 그렇지.' 하고 대답했다. 그러자 은미는 또 다시 내게 물었다.

"그럼, 대학교도 가고 언니처럼 의사도 될 수 있어요?"

내게 보이는 은미는 너무나도 밝고 건강했기에 나는 그럴 수 있을 거라고 대답했고, 그날 밤 은미의 질병에 대해 찾아보았다. 은미는 전 세계에 몇 백 명 없는 선천성 근육병을 앓고 있었다. 침범하는 근육은 주로 사지, 척추, 안면신경이었다. 그제야 나는 은미가 왜 보장구를 차고 구부정하게 걷는지, 왜 한 번도 웃지 않앉는지, 왜 자신을 쳐다보는 사람을 무표정하게 노려보는지 알게 되었다. 진행된 근육병이 호전될 확률은 극히 낮았고 치료의 목표는 진행을 막는 것에 있었다. 호흡근 마비로 인한 조기 사망률이 높은 병이었다. 마음이 복잡해졌다. 내일 은미를 만나면 뭐라고 해줘야 할까? 사실 좋아지기 힘들다고 다시 말을 해줘야 할까? 당분간 피해 다녀야 할까? 잠이 오지 않았다.

턴이 바뀌면서 은미와는 자연스럽게 멀어지게 되었다. 은미는 내 휴대폰으로 종종 안부를 보냈다. 내용은 주로 이번 인턴 선생님 별로다, 치료받기 싫다, 학교 가기 싫다 등등이었고 거의 바빠서 답을 잘 못했다. 마지막 연락은 재수학원에 등록했다는 내용이었다. 힘내라고, 멋진 의사 선생님 되자고 말하면서도 스스로의 말을 의심하는 나 자신이 조금 싫었다.

고대부터 의사의 역할에는 선생님의 역할도 포함이 되어있었기 때문에 '의사 선생님'이라고 불린다. 좋은 선생님이란 어때야 할까? 정확한 지식을 전달해주어야 한다. 하지만 이 정확한 지식이 학생을 좋지 않은 길로 이끌어나갈 것 같을 때는 어떻게 해야 할까? 솔직히 잘 모르겠다.

내가 존경했던 교수님 중 한 분은 환자가 진단받는 순간 그 병의 진단명과 예후에 관해 정말 교과서에 적힌 그대로 말해주셨다. 한번은 가족들이 진단명과 예후에 대해 환자에게 비밀로 해달라고 간곡히 부탁했는데도 그럴 수 없다며 환자에게 정직하게 얘기를 해서 가족들이 민원을 넣었다.

정답은 없다. 하지만 적어도 내가 만난 은미는 웃고 싶어 했고, 의사가 되고 싶어 했고 그렇게 되고자 하는 마음으로 남은 삶을 건강하게 살고 있었다. 그렇기 때문에 또 다른 환자가 내게 질문을 던졌을 때 나는 정확한 답을 하기보다 환자가 육체도 정신도 건강할 수 있는 방향을 고민하며 대답을 할 것이다. 옳다고 믿으며 하는 행동, 우리는 이것을 신념이라고 부르기 때문이다.

코로나 해프닝

    내가 전공의 수련이 끝나가던 2020년 무렵은 코로나바이러스가 한참 유행하던 시기였으나, 진료지침이 확립되지는 않아 시행착오가 많았다. 졸업년차였기 때문에 전문의 시험과 병동 일을 병행하던 시기여서 더욱 정신이 없었다. 마침 병동 일을 마치고 공부를 하려고 국시실에 들어왔는데 원내 방송이 나왔다.

    '83병동 코드 블루. 83병동 코드 블루.'

    때마침 국시실 근처 병동에서 심정지 환자가 발생하였다. 내과 환자가 아니어서 잠시 내적 갈등을 하다가

도착해보니 환자는 무호흡이 동반되어 있었고, 먼저
와 있는 의사들은 모두 내과가 아니거나 아랫년차였
다. 급히 물품을 달라고 하여 기관 내 삽관(Intubation:
호흡이 없는 환자에게 호흡 유도 장치를 연결하기 위해 기관
에 관을 꽂는 술기)을 하고, 중심정맥관을 삽입(Central
venous catheterization: 다량의 수액을 빠르게 공급하기 위
해 중심정맥에 관을 꽂는 술기)하여 승압제와 수액을 빠르
게 주었다. 그사이 인턴 선생님들이 계속해서 흉부 압
박을 했다. 급하게 중환자실로 이송하자고 해서 이송
원이 도착했다. 흉부 압박을 계속하며 중환자실 앞까
지 카트를 밀고 갔는데, 중환자실 수간호사가 입구로
나와서 우리를 막았다.

"선생님, 잠깐만! 이 환자 코로나 의심 환자예요. 음
압 격리병실로 가세요!"

순간 기관 내 관을 통해 산소 앰브를 짜고 있던 나
도, 환자 위에서 흉부 압박을 하던 인턴 선생님도, 카
트를 끌던 이송원도 모두 벙쪘다. 우리 모두 마스크 외

에 특별한 보호장치를 하고 있지 않았기 때문이다. 속으로 다들 '그걸 왜 이제 얘기해?'라고 생각했을 것이다. 사실 주치의나 담당 간호사가 우리에게 코로나 의심 환자라는 사실을 미리 알려주었다면 제일 좋았겠지만, 당장 환자 숨이 넘어가게 생겼으니 그럴 경황이 없었을 것이다. 어찌 됐든 우리는 음압 격리 병실로 갔다.

환자는 방광암에 당뇨, 고혈압 등 기저질환이 많은 상태였고 한 시간가량의 심폐소생 및 응급처치에도 활력징후가 돌아오지 못해 세상을 떠났다. 더욱 힘이 빠졌던 것은, 환자를 잃은 것에 더해서 환자의 코로나 검사 결과가 나오지 않아, 음성이 확인된 후에야 격리병실을 나갈 수 있다며 열 명이 넘는 의료진이 격리병실에 갇혀버린 것이었다. 당시 시각은 오후 다섯 시를 지나고 있었다.

가장 먼저 아기를 봐주고 계신 친정엄마에게 전화를 했다. 아기를 보시는지 전화를 받지 않으셔서 늦을 것 같다고 메시지를 남겼다. 그리고 남편에게 전화를 해서 오늘 조금 늦을 테니 집에 빨리 가달라고 했다. 우리 아기는 나의 딸로 이 세상에 와서, 배 속에 있을 때부터 심폐소생술을 하기도 했고, 세상을 떠나는 많은 환자들을 배웅했으며, 목숨이 위태로운 사람들에게 엄마를 자주 양보했다. 아기가 말하기 시작한 순서는 아빠, 엄마, 할망, 아픈넘이었다. 시옷 발음이 어려운지 '아픈 사람'이라고 발음하지 못하고 '아픈넘'이라고 했다. 아기는 울면서 '엄마! 안아, 안아.' 하다가도 기분이 풀리면 '엄마! 아픈넘, 고쳐. 가.'라고 해주었다.

갇혀있는 동안 다른 과 선생님들, 인턴 선생님들과 꽤 많은 이야기를 나누었다. 나가면 다 같이 커피라도 한잔하기로 했지만 일이 바쁘다는 핑계로 다음번은 오지 않았다. 모두가 다른 가정에서, 다른 모양으로 살아가지만 한 환자를 위해 이렇게 순식간에 묶이기도 한다는 것은 참 놀라운 일이었다. 우리는 오후 7시경 환자의 코로나 음성 결과가 발표되고 모두 각자의 자리로 돌아갔다.

우리 아기가 아빠, 엄마, 할망 다음에 아픈넘을 말하게 된 것은 우연이 아닐 것이다. 환자를 가족처럼 생각하며 정성스럽게 치료하자고 다짐할 때마다, '아픈

넘, 고쳐.'라고 말하는 조그맣고 단호한 딸아이의 입술

모양을 떠올린다.

민들레 홀씨

미진 씨는 정신건강의학과 폐쇄 병동에서 나이가 두 번째로 많은 환자였다. 겨우 40대였지만 그때 당시 주로 10대 20대 환자가 주를 이루고 있었기 때문이다. 미진 씨는 남편의 외도장면을 목격하고 충격으로 인해 자살을 시도했으나 어린 아들에게 발견되어 응급실을 통해 입원했다. 폐쇄 병동의 환자들은 각자 특별한 사연을 가지고 입원을 해서, 그동안 발생한 일들을 가만히 듣고 있노라면 소설이나 영화 속 이야기는 실제보다 잔인할 수 없다는 생각을 하게 되었다.

폐쇄 병동에는 노래방 기계부터 TV, 탁구대, 온갖 보드게임 등등이 있어서 나름 바쁘게 돌아갔다. 미진 씨도 가끔씩 게임에 참여했지만 피곤하다고 하며 본인 자리에서 쉬는 시간이 많았다.

폐쇄 병동은 하루 한 번씩 환자와 의료진이 다 같이 캠퍼스 산책을 했다. 산책길에는 민들레꽃이 줄지어 피어있었고 이따금 따뜻한 바람이 불어오면 홀씨가 날리기도 했다. 나는 미진 씨 옆에 서서 걸었다. 미진 씨는 내게 이런저런 질문을 많이 했다. 그 모습이 마치 사람에 대한 기대를 놓기 싫어하는 것처럼 느껴졌다. 의과대학 건물을 지날 때면 바쁘게 오가는 학생들을 보며 힘들었던 본과시절의 기억이 떠오르기도 했다.

본과시절 가장 힘들었던 점은, 시험을 위해서만 공부를 하기에도 시간이 빠듯했던 점이다. 이런 말을 하면 조금 이상하게 들리겠지만, 나는 의대 입학 전까지 공부를 꽤 좋아하는 학생이었고, 시험만을 위해 공부를 한 것은 아니었다. 책을 읽고 그것이 내 머리에 자리를 잡는 것이 좋아서 교과서를 열 번 이상씩 읽고 관련 내용을 찾아보는 방식으로 모든 과목을 공부했다. 그러다 보니 성적이 잘 나왔다. 문제는 의과대학에서는 교과서를 열 번씩 읽고 관련 내용을 찾아가며 공부하기에는 시간이 턱없이 부족했던 것이다. 그렇게 겨우 유급만 면한 채로 본과 1학년을 보내고, 2학년 때부터는 시험을 위한 공부를 하면서 성적이 오르기 시작했지만, 공부에 대한 흥미는 점점 줄어들었다. 이것은 한동안 꽤 슬럼프로 작용했다. 전문의가 되고 전문분야에 대한 논문을 읽고 공부하면서 다시 공부에 대한 흥미가 늘어났다.

정신과 병동에 있을 때를 떠올려보면, 그들을 나와 다른 사람으로 여기는 오만한 마음이 있었던 것 같다. 하지만 나도 이후에 많은 사람을 만나며 살아가다 보니 누군가의 흔적을 지우기 위해, 누군가의 말을 명심하기 위해 약을 먹게 되는 일이 생겼다. 그것은 이상한 것도, 나약한 것도 아니었다. 내가 마음으로 그어놓은 선을 미진 씨는 느꼈을까? 그러지 않았기를 바란다.

'배신'이라는 단어는 거창하게 느껴지지만 비단 드라마에만 나오는 일은 아닐 것이다. 일상생활에서 우리는 많은 배신을 경험하면서 사람을 적당히 믿는 법을 배운다. 하지만 적당히 믿는 것보다 중요한 것은 다른 사람의 배신이 나의 가치를 변화시키지 않는다는 신념이다. '당신이 나에게 무례한 짓을 했지만, 그것은 당신의 연약함이지 나의 잘못이 아닙니다. 나는 당신으로부터 자유로우며 나의 길을 갑니다'라며 사뿐히 흩날리는 민들레 홀씨처럼 말이다.

말의 무게

　　윤일상 할아버지는 재발성 간농양(Hepatic abscess:
세균감염으로 인해 정상 간세포 안에 고름집이 형성되는 것)으
로 한 해에 한 번씩 입원하여 한 달가량 항생제 치료를
받고 퇴원하던 환자였다. 농양의 크기가 꽤 크고 재발
이 잦아 의료진은 매번 수술을 권하였으나 과거에 방
광암으로 수술을 여러 번 받아 더 이상 수술은 싫다며
이번에도 항생제 치료만 받고 퇴원하기를 원했다. 나
는 매번 수술을 거절했던 차트를 보고 수술 이야기는
꺼내지 않았다. 다행히 항생제 치료를 시작하면서 혈
액 검사상 염증 수치가 줄어들고 할아버지의 컨디션도
나쁘지 않아서 이번에도 수술 없이 퇴원할 수 있을 것

이라고 예상했다.

그날은 할아버지가 37도 정도로 미열이 있었지만 컨디션은 평소와 다르지 않았다. 하지만 열이 떨어지지 않아서 간농양의 악화를 의심하여 CT를 찍었다. 다행히 간농양은 눈에 띄게 줄어들었지만, 충수돌기에 염증이 새로 생겼다. 충수돌기염(Appendicitis: 맹장 끝 충수돌기에 발생한 염증)의 1차적 치료는 수술적 제거이다. 결국 그토록 싫어하시던 수술을 받아야겠다고 말해야 하는 상황이 야속했다.

남편은 구강악안면외과 전문의이기 때문에 치과의사 중에 가장 의학적 지식이 많은 편이다. 또 치대에 들어오기 전에 약대를 졸업해서 약사 면허도 가지고 있다. 왜 이렇게 뜬금없이 남편 자랑을 하는가 하면, 그렇기 때문에 남편은 병원에서 있었던 일을 미주알고주알 잘 들어주고 잘 이해해준다. 내가 그날 밤 한숨을 푹 쉬며 윤일상 할아버지 이야기를 꺼냈다.

"여보, 윤일상 할아버지 결국 수술해야 돼. 아뻬(충수돌기염) 생겼어."

내 이야기를 듣자마자 남편은 바로 욕을 해주었다. 그도 결국 수술을 해야 하는 상황이 안타까웠던 것 같다. 우리는 한참을 화내다 웃다가 했다.

다음날 이른 아침, 어렵게 수술 이야기를 꺼냈는데, 할아버지는 의외로 담담하게 대답했다.

"저는 선생님이 하라는 대로 하겠습니다. 다들 저에게 매일같이 수술받자고 하는데 선생님은 한 번도 수술받으라고 하신 적이 없잖아요. 선생님이 받아야 한다고 하면 정말 받아야 하는 거죠?"

중요한 말에 무게가 실리려면 평소에는 무게를 덜어야 한다. 자랑을 잠깐 하자면 나는 전공의 시절 간호사들이 좋아하는 전공의 1위라고 어느 수간호사님이 이야기해 준 적이 있다. 그 이유는 내가 똑똑해서도 일을 더 잘해서도 아닐 것이다. 불필요한 지시는 많이 하지 않았고 환자에게 유해하지 않은 실수는 넘어갔다. 다만 환자에게 꼭 필요하거나 빨리 이루어져야 하는 처치는 구체적으로 오더했고 그 이유를 담당 간호사, 조무사에게 설명하며 다 같이 한마음으로 치료하도록 하였다. 그래서 내가 특별히 당부하는 내용은 다 같이 '이건 정말 중요한 거구나.'라고 생각해 주었다.

다행히 외과 협진에서 충수돌기염은 항생제 치료로 인해 소실 단계여서 수술적 처치는 필요 없다는 답변을 받아서 윤일상 할아버지는 수술 없이 퇴원하였다. 오늘도 마음이 조급해서 입으로 나오려고 할 때마다 윤일상 할아버지를 떠올린다. 이것이 정말 중요한가? 다른 말보다 무게를 두어야 할까? 그렇지 않다면 심호흡을 하고 마음을 가라앉힌다. 더 정말 중요한 말에 무게를 싣기 위하여.

늘 지금처럼

내과 전공의가 많이 보게 되는 케이스를 다섯 손가락에 꼽자면 그중에 한 케이스는 간성혼수(Hepatic encephalopathy)일 것이다. 간성혼수는 간경화, 간암 등 기존의 간질환이 있는 환자가 악화요인에 의해 의식이 저하되는 현상을 말한다. 초기 치료는 관장을 여러 번 하는 것인데, 이것은 의식을 되찾기 위해서 체내 암모니아 배출을 촉진하는 것이다. 보호자가 관장액이 새어 나오지 않도록 항문 주위를 거즈로 충분히 막고 있다가 배변하는 것이 중요하기 때문에 숙련된 보호자일수록 환자가 빠르게 좋아진다.

유정 씨도 반복되는 간성혼수로 입퇴원을 자주 하

던 환자였다. 젊은 딸이 항상 병간호를 하였기 때문에 입원 후 하루, 이틀이 지나면 금세 정신이 맑아져서 퇴원하곤 했다. 정신이 맑아진 유정 씨는 전날의 유정 씨와 다른 사람 같았다. 전날의 소리를 지르고 안절부절 못하던 모습은 없고, 차분하고 온화한 웃음을 지어주었다.

나와 비슷한 나이 때의 젊은 보호자를 마주하게 되면 아무래도 감정이입이 되는 편이다. 나의 어머니가, 나의 아버지가 저렇게 아프다면 나는 어떻게 해야 할까도 생각하게 된다. 한편으로는 아픈 가족을 둔 보호자의 삶이 고단하고 힘들기만 할 것이라는 오만한 착각을 하기도 한다.

아기를 기르고서야 알게 된 사실이지만, 대게 자식이 부모를 돌보는 기간에 비해 부모가 자식을 돌보는 기간이 훨씬 길 것이다. 부모는 아기가 대변을 보아도, 떼를 써도, 아파도 사랑의 눈으로 바라보게 되는데, 반대의 경우에는 그것이 쉽지 않을 것을 보면 부모의 사랑은 항상 짝사랑인 것 같다는 생각이 든다. 잠깐 딴 이야기이지만, 내가 퇴근하면 늘 아기가 달려들며 '안아, 안아!'라고 하는 통에 급하게 손발을 씻고 안아주곤 했었는데, 언제부턴지 내가 안으려고 하면 아기가 '엄마! 지지 씻어. 깨끗해!'라고 한다. 이렇게 조금씩 변해가는 것이 부모와 자식의 관계인가 싶다.

그날도 유정 씨는 의식이 혼미한 채로 응급실로 내원했다. 차이점이 있었다면 이번에는 하루가 지나도 이틀이 지나도 의식이 회복될 기미가 없고 혈액검사 수치는 점점 나빠지고 있었다.

입퇴원을 자주 하는 환자를 만나면 입원과 동시에 퇴원을 가정하게 된다. 하지만 예측대로 되는 것은 없다고 신이 가르침을 주기라도 하는 듯 예상은 늘 빗나간다. 유정 씨는 끝끝내 의식이 돌아오지 않았고, 젊은 딸은 마지막 대화를 떠올리며 슬퍼했다.

몸이 아픈 사람은 온전한 건강을, 성적이 부진한 사람은 높은 성적을, 금전적으로 여유가 없는 사람은 금전적 풍요를 꿈꾼다. 하지만 병원에서 환자들을 보다 보면 더 나빠지지도 더 좋아지지도 않고 늘 지금만 같은 것이 얼마나 축복인지를 느끼게 된다. 유정 씨를 떠나보내고 돌아오는 퇴근길에 나는 오늘 아침 남편과 무슨 이야기를 했더라, 딸아이와 뽀뽀를 했던가 하는 사소한 의문이 들었다. 더 훌륭하지도 더 부족하지도 않은 지금 이대로도 충분하다는 유정 씨의 가르침을 늘 마음에 새긴다.

삶과 죽음의 경계에서

　임형균 환자는 간암 말기로 반복적으로 간동맥색전술(Transcatheter arterial chemoembolization: 약자로 TACE라고도 한다. 수술이 불가능한 간암 환자에서 간에 혈류를 공급하는 동맥을 막아 암세포의 성장을 저해하는 시술)을 받던 환자였다. 처음 시술받는 환자는 시술에 대한 걱정도 많고 설명할 것도 많지만, 반복적으로 시술받는 환자는 환자도 의료진도 여러모로 편안한 면이 있다. 하지만 시술 당일 아침 임형균 환자는 나를 알아보지 못했다. 워낙에 복수가 있었지만, 하루 만에 복수양도 늘고 숨을 거칠게 쉬고 있었다. 간성혼수에 간폐증후군(Hepatopulmonary syndrome: 만성 간질환으로 인해 저

산소증이 동반되는 증후군)이 동반된 증상이었다. 기도삽관을 하고, 중심정맥관을 잡고 환자를 중환자실로 이송했다. 매번 혼자 시술을 받으러 오셨기 때문에 아들에게 전화를 해서 지금 환자 상태가 나빠 중환자실로 전실하였다고 하니 놀라며 바로 병원에 왔다. 어머니와는 연락을 안 한 지 20년이 넘었다고 하며 아들 혼자왔다. 담당 교수님께 보고를 하니 바로 오셔서 환자를 보고 아드님과 면담을 했다. 회진이 끝날 무렵 담당 교수님이 나에게 말씀하셨다.

"너는 Child C(Child-Pugh classification: 간질환 환자의 간 기능을 A, B, C로 나누는 분류법. 가장 나쁜 그룹인 C는 1년 생존율 45% 정도로 낮다)인데 뭘 더 바라냐?"

그 말을 듣고 조금 허탈했다.

좋은 의사는 어떤 의사일까. 회복되기 힘든 말기간암 Child C 환자에게 인공호흡기를 달고 승압제로 심장을 뛰게 한 나는 나쁜 의사일지도 모른다. 아니 좀더 솔직하게 말하면 미성숙한 의사였을 것이다. 교수님은 훨씬 더 많은 경험과 지식으로 나의 처치가 환자에게 무익하다고 판단했던 것이다.

오전 내내 응급처치를 하느라 상대적으로 안정적인 환자들의 회진과 처방은 늦어졌고, 점심도 저녁도 먹지 못한 채 온종일 뛰어다녔다. 중환자실 간호사님이 간식을 챙겨주어서 입에 욱여넣고 차트를 검토하고 있는데 임형균 환자의 아들과 함께 아내가 왔다.

"오늘 간색전술 예정이었으나, 상태가 급격히 나빠져서 응급처치를 하고 중환자실로 이송했습니다. 최선을 다했습니다만 시간이 얼마 남지 않았습니다."

사연은 모르겠지만 20년 만에 만난 아내는 펑펑 울며 물었다.

"선생님. 정말 최선을 다하신 거죠? 다른 방법은 없는 거죠?"

"네. 저희 아버지였어도 똑같이 했을 것입니다. 최선

을 다했습니다."

임형균 환자는 아내를 기다리기라도 한 듯 아내를 만난 직후 하늘나라로 갔다.

좋은 의사는 많은 경험과 지식으로 최선의 판단을 하는 의사일 것이다. 하지만 본인 말고는 아무도 건널 수 없는 삶과 죽음의 경계에서 보고픈 사람이 올 때까지 함께 기다려줄 수 있는 유일한 사람 또한 의사뿐이기에 시간을 되돌려도 나는 여전히 미숙한 의사일 것 같다.

첫 ROSC

기본적으로 내과 수련을 선택했다는 것은 바이탈이 흔들리는 환자를 정상 수준으로 되돌려놓는 데에서 기쁨을 느낀다는 의미일 것이다. 타과에서도 환자의 활력징후가 불안정하면 결국 내과에 협진을 부탁하게 되는데, 이것을 농담 삼아 내과가 바이탈 부심(?)을 부린다고도 하고, 내과 전공의들끼리는 이러다가 내 바이탈이 흔들리겠다고도 한다. 하지만 환자의 활력징후는 삶의 가장 마지막까지 유지되는 지표이기 때문에 이것이 흔들리는 순간 정상 수준으로 회복되는 경우가 많지는 않다.

전공 이야기가 나왔으니 말이지만, 내과를 선택한

것을 후회한 적은 없다. 내과는 모든 의학의 근간이 된다. 하지만 소위 말하는 인기과는 아니다. 낮은 수가로 인해 기본 봉급이 낮고, 위험도 큰 환자들을 자주 마주하다 보면 합병증이나 사망으로 인한 소송 가능성이 크기 때문이다. 수가나 의료진 보호 법안이 좀 더 개선되어서, 내과에 뜻 있는 많은 젊은 의사들이 주저함이 없이 내과를 선택하는 날이 온다면 좋을 것 같다.

1년차 초반에 환자가 바이탈이 흔들리고 소생을 시도하다가 돌아가시는 것을 너무 많이 보다 보니 회의가 들어 다른 병원 친구에게 전화를 걸었다. 친구는 벌써 ROSC(Return Of Spontaneous Circulation: 자발순환회복. 심정지 환자가 심폐소생술의 결과 자발적인 심장박동을 회복하여 맥박이 촉진되는 상태)를 몇 번 경험했다고 했다. 방법을 들어 보니 워낙에 다들 가이드라인대로 하기 때문에 우리병원과 크게 다른 점은 없었지만 나름 도움이 되었다.

약속이라도 한 듯 그 주 주말에 응급실로 심정지 환자가 왔는데 친구한테 들은 대로 심폐소생도 좀 더 규칙적으로 하고 제세동(Defibrillation: 비정상적인 심장 박동을 정상으로 돌리는 술기. 약제나 전기자극을 사용한다)도 좀 더 적극적으로 했다. 새파랗던 사지가 순식간에 붉게 변하며 다리에서 맥박이 느껴져서 심음을 들어 보니 심장이 세차게 뛰고 있었다.

"어… 뛴다."

나도 모르게 말을 내뱉은 순간, 심폐소생술을 하던 인턴들도, 약물을 주입하던 간호사도, 맥박을 재고 있던 내과 전공의도, 지켜보던 옆자리 환자까지 모두 동작을 멈췄다. 환자의 심장은 다시 뛰고, 우리의 시간은 순간 멈췄다. 나의 첫 ROSC였다. 사실 1년차 때에는 심음을 들어도 긴가민가하고 이게 병적 심음인지 정상 심음인지 구분이 잘 안 된다. 하지만 그때 들었던 크고 잡음 없는 정상 심음을 아직도 잊을 수가 없다. 누구라도 같은 경험을 하게 된다면 평생 내과 의사로 사는 것을 포기할 수 없을 것이다. 심장이 뛴다는 것. 그것은 너무나 당연한 일이지만 너무나 특별한 일이기도 하다.

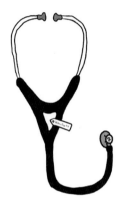

어떤 예감

1월 1일 오토바이 사고로 응급실에 실려 온 젊은 남자 환자는 팔다리가 뜨겁고 형체 없이 흐느적거려 X선 사진을 찍어보지 않아도 다발성 골절이 있음을 알 수 있었다. 환자의 어머니는 아침에 왜인지 예감이 좋지 않아 일을 나가지 말라고 했지만, 아들은 평소의 두 배 임금을 받기로 한 날이라 출근을 강행했다고 한다. 환자는 의식도 혼미하여 대화가 되지는 않았지만 뜨거운 팔로 나의 팔을 붙잡으며, 도와달라는 듯 나의 눈을 간절하게 바라보았다.

우리는 모든 판단에서 근거를 찾으려고 하지만 사실 특별한 근거 없이 꺼려지거나 해야 할 것 같은 것이 있다. 우리는 이것을 '예감'이라 부른다.

순자 할머니는 평소랑 똑같이 다음날 입원하여 항암치료 예정이었는데, 어쩐지 예감이 좋지 않다며 예약을 한 주 미뤘다. 그 사이에 은행과 보험회사에 다녀왔고 변호사를 만나서 삶을 정리해놓고 입원을 했다.

입원 당시 채혈에서 백혈구가 너무 감소되어 있었고 미열이 나서 항암을 하기에는 좋은 컨디션이 아니라고 판단되어 하루를 미뤘다. 다음날은 백혈구가 더 떨어지고 열이 더 나서 격리실로 이송했다. 그렇게 하루하루 할머니의 상태는 더 나빠졌고 항생제도 듣지 않았다. 할머니는 놀라지도, 슬퍼하지도 않았고 오히려 편안해 보였다.

의사들은 근거를 좋아한다. 내과학은 그중에서도 특히 'Evidence based medicine(근거중심의학)'이라고 부른다. 근거 없는 이야기를 믿지 않고 때로는 비웃기도 한다. 하지만 살다 보면 이 '이유 없는 느낌'이 마냥 무시할 것은 아니라는 생각이 든다. 심지어 근거를 기반으로 행동했을 때보다 예감대로 행동했을 때 큰 만족감을 느끼기도 한다.

사실 진료와 연구를 하기에도 빠듯한데, 출간이 보장되지 않는 글을 계속 쓰게 된 데는, 어머니의 영향이 있었다. 어머니는 매일 새벽 기도를 나가신다. 하루는 새벽 기도를 다녀온 어머니가, '글은 얼마나 썼니?' 하고 물으시기에, 요즘 바빠서 손을 놓고 있다고 하니 '계속 써야 할 것 같던데…'라고 하신다. 대단한 근거가 있다고 말하기엔 뭐하지만, 차마 무시할 수는 없는 것이다.

대부분의 젊은이가 그러하듯, 나의 20대도 항상 객관성과 합리성을 추구하며 살았다. 기분이나 예감대로 행동한 적은 거의 없는 것 같다. 하지만 최근 들어서는 나의 기분을 더 존중하기로 했다. 치우기 싫으면 안 치우고, 먹고 싶으면 먹고, 피곤하면 조금 일찍 자 보는 것이다. 신기한 것은 효율보다 기분대로 행동했을 때 스스로가 좀 더 정돈되는 느낌이 들었다. 아무 근거도 없지만 하고 싶은 일, 어쩌면 그것이 정말 중요한 일일지도 모르기 때문이다.

잊고 싶은 환자

많은 의사가 그러하겠지만, 본인이 잘한 진단이나 본인을 좋아하는 환자에 대해 이야기하는 것은 참 쉬운 일이다. 내가 글을 쓰면서 매번 다짐했던 것은 나의 능력을 미화하지 말자, 나의 기억을 꾸미지 말자는 것이었다. 그럼에도 불구하고 쓰기 쉽고 털어놓기 좋은 일화들이 주를 이루게 되었음을 고백한다.

말기 췌장암으로 자주 입퇴원을 반복하던 지숙 씨를 떠올리면 마음이 좋지 않기 때문에, 이 글을 쓰기로 결심하기까지는 꽤 많은 시간이 걸렸다. 지숙 씨가 자주 입원을 했던 이유는 복통 때문이었다. 입원을 해서 통증약을 조절해보고, 통증이 좋아져서 금방 퇴원을 한다면 치료하는 사람도 환자도 참 좋았겠지만, 지숙 씨는 항상 입원 후 3~4주가 지나면 입원을 해도 통증이 나아지지 않으니 어쩔 수 없다며 못마땅한 표정으로 퇴원을 했다. 아마도, 추정컨대 복부에 있는 췌장암의 크기가 커지며 불편증상을 이야기했을 거라고 설명하고, 위로하는 방법밖에 묘수가 없었다.

그날도 지숙 씨가 배가 아프다며 응급실을 통해 입원했고, 마침 담당 교수님은 휴가 중이었다. CT상 종양의 크기도 비슷하고, 혈액 검사상 다른 감염이 의심되지는 않아서 입원을 해서 여느 때처럼 통증약의 종류와 횟수를 바꿔보면서 조절을 했다. 한 주가 지났지만 지숙 씨는 여느 때처럼 통증이 비슷하다고 했다. 휴가를 마치고 돌아온 교수님께 지숙 씨는 말했다.

"아파 죽겠는데, 저 여자는 맨날 집에 가라고만 하잖아요!"

전공의들에게 자주 발생하는 상황이다. 보통 전공의는 환자가 듣기 싫어하는 말을 교수님 대신 하는 역할을 한다. 예를 들면 병이 악화됐다, 더 이상 치료법이 없다, 퇴원을 싫어하는 환자에게 퇴원을 하자 등등이다. 그런 말을 전하고 다음 계획을 세워서 교수님에게 보고하는 것이 전공의의 역할이다. 그 때문에 이를 서운하게 생각하는 환자들이 꽤 있다. 환자야 몸도 마음도 아픈 상황이니 그럴 수 있지만, 그보다 휴가를 마치고 온 교수님의 말이 더 가관이었다.

"뭐? 너 같으면 이 상태로 집에 가겠냐? 너 정신 나갔어?"

그동안 지숙 씨에게 큰 관심이 없었던 교수님은 휴가를 마치고 갑자기 태도가 돌변해서 나를 나무랐다. 그날 이후로 나에겐 나름의 원칙이 생겼는데, 환자 앞에서 후배 의사를 나무라지 않는 것이다. 다른 사람이 보는 앞에서 상대방을 깎아내려 수치스럽게 하는 것, 그것은 의사라는 직업을 떠나서 어른이라면 하면 안되는 짓이다. 어찌 됐든, 교수님이 태도가 돌변한 이유는 내가 못 보는 것을 보았기 때문일 것이다. 실제로 지숙 씨의 혈액검사를 다시 시행해 보니, 입원 시보다 염증 수치가 올라 있어 항생제를 추가했다. 나는 그날 이후로 단 한 번도 지숙 씨에게 퇴원이 가능하다고 이야기하지 않았다. 교수님이 언제 퇴원시킬 거냐고 물어도 환자가 원치 않는다고 전달만 할 수밖에 없었다.

그 이후로 응급실에 지숙 씨의 이름이 떠 있을 때마다 그날의 기억이 떠올라 불쾌해졌다. 이 불쾌한 기억을 깨끗이 지울 수 있다면 얼마나 마음이 좋을까, 하고 생각했다. 하지만 모든 기억이라는 것이 그렇듯이, 점점 옅어져 가기는 했다.

전공의는 매년 말 전공의 기록이라는 것을 하며 교육 목적을 달성했음을 승인받는다. 그해 내가 본 환자 목록에 지숙 씨의 이름이 있어서 오랜만에 그때의 기억을 떠올리며 지숙 씨의 이름을 클릭한 순간, 화면에 '사망환자'라는 글자가 떠서, 잠시 멍해졌다.

내가 그토록 잊고 싶어 했던 것은 무엇이었을까? 나를 미워한 환자였을까, 나를 당황시킨 교수였을까, 더 잘할 수 있었던 자신이었을까? 병이라는 약점을 가진 환자에게 나는, 건강이라는 권력을 가진 한 사람에 불과했을까? 잊고 싶은 환자를 더 이상 마주칠 수도, 마주칠 일도 없는 지금이 더 좋은 삶일까? 아마, 그렇지 않을 것이다.

짜장면과 짬뽕

은화 씨는 건강검진에서 백혈구 수가 증가되어 있어 정밀검사를 위해 입원한 30대 초반의 환자였다. 염증 상태가 아닌데도 백혈구가 많이 증가되어 있는 경우 악성종양을 감별하기 위해 CT검사나 골수검사 등을 받는 경우가 있다. 골수검사는 내과 전공의가 하는 침습적인 검사 중에 하나로, 골수검사용 두꺼운 바늘로 환자의 엉덩이뼈에서 뼈와 혈액을 채취해서 진단을 하게 된다. 검사를 위해서는 골수를 채취하는 사람과 빠르게 옮겨 담는 사람, 최소 두 명 이상이 필요하다. 검사는 빠르면 15분 정도, 지체되면 한두 시간도 걸리기 때문에 시술자 입장에서도 부담이 있는 검사이다.

불행히도 검사 결과는 희귀 림프종으로 나왔다. 교수님도 국내에서 처음 보는 타입이라고 하셨다. 남편을 따로 불러 검사 결과를 설명하고, 평균 생존 기간은 1개월 내외라고 하니 눈물을 펑펑 흘렸다.

워낙 위중한 병이기에 바로 항암치료에 들어갔다. 항암치료를 받는 동안 인상적이었던 것은 은화 씨의 병실에서는 항상 맛있는 냄새가 났던 것이다. 하루는 회진을 가니 은화 씨는 짜장면을, 남편분은 짬뽕을 먹고 있다가 황급히 음식을 숨겼다. 머쓱해 하며 웃던 은화 씨의 입에는 짜장 소스가 묻어있었다.

"선생님, 혹시. 배달 음식 반입하면 안 되나요?"

원칙상 감염 예방을 위해 외부음식은 반입을 금지하고 있었지만, 아마 남편분이 그간 환자가 잘 먹지 못해서 병이 나빠졌다고 생각한 모양이었다. 여명이 한 달 내외인 환자인데, 원칙 운운하느라 먹고 싶은 것을 먹지 말라고 하는 것도 참 못할 짓이 아닌가. 보호자분이 병원 밖에서 음식을 받아서 개인 가방에 담아오면

괜찮을 것 같다고 했다. 다음 날의 메뉴는 치킨, 그다음 날은 피자, 그다음 날은 족발이었다. 온갖 맛난 음식들을 공수하는 남편의 모습이 어쩐지 희망의 끈을 계속 붙잡고 있는 것처럼 느껴져서 마음이 아팠다.

'식구'는 한자로 먹을 '식'자에 입 '구'자로 함께 밥을 먹는 사이라는 뜻이다. 그만큼 함께 먹는다는 것은 참 소중한 일이기 때문이다. 인턴 동기 중에 연지 언니는 항상 전날 집에서 샌드위치나 옥수수, 삶은 달걀, 커피 등을 싸 와서 우리가 출근하자마자 일을 못하게(?)하고 꼭 간단하게라도 먹고 일을 하게 챙겨주었다. 그렇게 챙겨 먹고 일을 한 날은 종일 기분이 좋았다. 그래서 마음 한편에 언니를 단순한 동료 이상으로 생각했던 것 같다.

은화 씨는 약속한 한 달을 채우지 못하고 하늘나라로 갔다. 한동안 나는 은화 씨가 떠오를 때마다 맛있는 것을 시켜 먹었다. 요즘은 배달 음식이 정말 잘되어 있다고, 내가 요리하는 것보다 훨씬 맛있다고 주장했다. 하지만 내심, 나도 은화 씨의 남편처럼, 이렇게 맛있는 음식을 함께 먹으면 가족들도 친구들도 건강하게

오래오래 내 옆에 있어 줄 것 같았기 때문일지도 모르

겠다.

입원은 타이밍

전공의 입장에서 난처한 경우 중 하나는, 해당 과와 상관이 적은 사유로 환자가 입원하는 경우이다. 예를 들자면, 소화가 안 된다며 종양내과에 입원을 한다거나 숨이 차다며 내분비내과에 입원하는 등등의 상황인데, 담당 교수님의 전문분야가 아니기 때문에 다른 교수님께 한 번 더 문의를 하고 검사를 진행하는 등 상황이 복잡해진다.

임준호 환자는 심근경색으로 스텐트 삽입(Stent insertion: 한번 막힌 혈관이 다시 막히는 것을 방지하기 위해 금속관을 삽입하는 시술)을 한 이력이 있어 심장내과 외래로 왔지만, 주 호소는 기력저하였다. 혈액 검사상 다른 문제는 없고 혈색소(Hemoglobin: 혈액의 산소 운반 물질) 수치만 경미하게 감소되어 있었는데, 진료를 본 교수님은 위내시경을 해보자며 입원을 시켰다. 사실 내부출혈이 의심될 만큼 현저한 혈색소 감소도 아니었고, 환자의 컨디션도 나쁘지 않았기 때문에 솔직히 의아했지만, 교수님 지시가 있었기 때문에 다음 날로 내시경을 예약했다.

그런데 다음 날 아침 출근해 보니, 환자가 밤사이 토혈을 했다고 한다. 환자는 집에서는 한 번도 토혈을 하거나 혈변을 본 적 없었는데, 병원에 입원하자마자 증상이 발생했다며 당황했다. 환자는 심근경색 재발을 막기 위해 고용량 항혈전제를 먹고 있었기 때문에, 내시경적 지혈을 하기에는 출혈 위험성이 높고 까다로운 상황이었다. 전날 내시경을 오더할 때와는 상황이 많이 바뀌어 있었기 때문에, 내시경실에 가서 변경된 상황을 전달했다. 환자가 밤새 토혈을 했고, 현재 항혈소판제를 복용하고 있기 때문에, 활동성 출혈이 지속될 경우 영상의학과에 의뢰해서 영상을 보며 혈관 색전술을 해야 할 수도 있으니 무리해서 내시경을 진행하지

말아 달라고 했다. 전달받은 내시경실 전임의 선생님은 나의 선배였다. 마스크를 쓴 채로 끄덕끄덕만 했지만 조금은 기특해하는 느낌을 받았다.

다행히 위내시경상 지속되는 출혈은 없었고, 환자는 특별한 시술 없이 퇴원을 했지만 참 대단한 타이밍이었다고 생각한다. 만약 환자가 집에서 토혈을 했고, 그것이 항혈전제로 인해 멈추지 않았다면 환자의 건강은 장담하기 힘들었을 것이다.

외부병원 파견 때에는 더한 일도 있었는데, 내가 출근하며 탄 열차의 다음 열차에서 심정지 환자가 발생했고, 함께 타고 있던 교수님이 심폐소생술을 하며 본인 병원으로 바로 이송을 해서 환자를 살린 일이 있었다. 그때 당시 신문에 기사도 났었지만, 직원들끼리도 조상신이 환자를 도왔다는 등의 감탄이 꼬리표처럼 붙어 꽤 화제가 되었다.

흔히 사랑은 타이밍, 결혼은 타이밍 등등의 말이 많지만, 병원만큼 타이밍이 중요한 곳은 없는 것 같다. 흔히 드라마나 소설에 기막힌 타이밍으로 환자를 살리는 일화들이 많이 나오는데, 실제 병원에서는 더하면 더했지 덜하지는 않은 것 같다.

　모든 의사가 바라는 것은 좋은 타이밍을 잘 알아차리는 의사가 되는 것일 것이다. 그것은 공부와 경험만으로는 될 수 없는 것이다. 아주 늦지 않은 타이밍에 환자가 본인의 이상을 발견하기를, 발견이 어렵다면 누군가에게 발견되기를, 내가 발견하게 된다면 예민하게 알아차리기를, 내가 알아차렸다면 섬세하게 진단하고 확실하게 치료하기를 바라고, 또 바라본다.

실수

순임 할머니는 말기 암으로 식사도 수면도 양호하지 못하여 입원했다. 기운은 많이 없었지만 내가 하는 설명에 항상 고개를 끄덕거려주시는 귀여운 할머니였다. 경구 섭취량이 적어서 영양제를 계속 맞아야 하는 상황이었지만, 더 이상 피부에 혈관을 잡을 만한 곳이 남아있지 않았다. 이런 경우에 중심정맥관 삽입 시술을 해서 비교적 몸속 깊은 곳에 있는 혈관에 수액 줄을 거치한다. 하지만 혈액검사도 거의 밸런스가 깨져 있었고 혈액 응고인자 수치도 매우 낮았다. 혈액 응고에 중요한 역할을 하는 혈소판 수치는 15만에서 45만 사이인데, 순임 할머니는 5만이 채 되지 않았다. 이런 경우 보통 영상의학과에서 출혈 위험성이 높아 시술을 반려한다. 사실 내과 전공의들은 응급 상황에서는 바로 환자에게 중심정맥관을 삽입하고 수액을 빠르게 공급하기 때문에 꼭 다른 과에 부탁하지 않아도 할 수는 있다. 담당 교수님도 이 사실을 알고 있으므로, 나에게 직접 중심정맥관을 삽입하라고 했다.

정맥관 삽입을 위해 소독을 하고 바늘이 들어가는 순간, 피가 스르르륵 흐르며 침대를 적셨다. 보통 바늘 주변에 맺히는 정도가 일반적이기 때문에, 나는 아차 싶어서 바늘을 얼른 빼고 거즈로 지혈을 했다. 그런데 설상가상으로 거즈가 빠르게 붉게 물들었다. 이것도 보통 거즈로 압박을 하면 피가 뭉치며 굳기 시작하는 것이 정상이다. 얼른 담당 간호사를 호출해서 더 두꺼운 거즈를 많이 달라고 했다. 순식간에 온몸에서 땀이 났다. 솔직히 처음 든 생각은 '아, 이래서 영상의학과에서 해주지 않는구나.'였다. 그리고 두 번째로 든 생각은 '이런 위험한 걸 시키다니, 교수님 너무하다.'였다. 하지만 세 번째로 든 생각은 '아니다. 내가 환자 상태에 대해 고민하기보다 스스로의 능력을 자만했구나.'

였다.

지혈을 하고 있는데 할머니가 자꾸 하품을 해서, 산소 수치를 모니터링 해달라고 했다. 산소 수치는 정상 범위에서 아슬아슬하게 왔다 갔다 하고 있었다. 30분 넘게 지혈을 했고, 다행히 피는 멎었다. 소독하고 병실을 나오는데 다리가 후들거리고 온몸은 땀범벅이 되어 있었다. 할머니가 무사해서 정말 다행이라고 생각했다.

정직한 삶이란 어떤 삶일까 항상 생각한다. 단순히 나보다 권위 있는 사람이 권했다고 해서, 나의 능력이 더 돋보일 것 같아서 행동한다면 그것은 문제가 있는 것 같다. 시간을 되돌려 본다면 직접 중심정맥관을 삽입하라고 말한 교수님께 '교수님, 이 환자는 혈소판이 많이 낮아서 bedside에서 직접 시술을 해도 지혈이 되지 않아 환자가 위험할 것 같습니다.' 정도는 말할 수 있을 것 같다. 그래도 하라고 할 확률이 높지만, 그렇게 말이라도 해보는 게 환자에게 좀 더 안전할 테니까.

그날 이후로 누군가에게 잘 보이기 위해서가 아니라, 정말 환자의 건강과 안전을 생각하는 마음으로 결정하려고 노력한다. 결정이 어려울 때는 순임 할머니를 생각한다. 환자는 언제나 나의 가장 좋은 스승이다.

간절함에 대하여

보통 약은 투약 방법에 따라 먹는 약, 주사약 정도로 분류하지만, 주사약은 사실 투여 방법이 굉장히 다양하다. 인슐린처럼 피부에 놓는 주사도 있고, 특정 예방접종은 근육에 주사를 놓기도 하며, 일반적인 영양제처럼 정맥에 놓는 주사도 있지만 가장 투약이 힘든 것은 아무래도 뇌척수(Cerebrospinal fluid)에 놓는 주사일 것이다. 일단 뇌척수에 바늘이 접근하려면 환자는 웅크린 채로 긴 시간 버텨주어야 하고 숙련된 의사가 바늘로 등 쪽에 있는 뇌 경막을 뚫고 척수액이 나오는 것을 확인한 뒤, 약물을 주입하여야 한다. 주입되는 약물은 보통 항암제 계열이다.

가연 씨도 림프종의 뇌척수막 전이로 2주마다 뇌척수액에 항암제를 맞던 혈액종양내과 환자였다. 처음으로 내가 항암제를 주입하던 날, 가연 씨가 물었다.

"벌써 끝났어요?"

이전에는 뇌척수를 찾지 못하고 한 시간이 넘게 걸렸는데 이번에는 10분밖에 걸리지 않았다고 너무 좋아했다. 그 이후로 가연 씨는 주치의가 바뀌어도 '그 키 큰 단발머리 여자 선생님'을 찾았고 나도 바빴지만, 보람을 느끼며 도왔다.

하지만 모든 술기가 그렇듯이, 매 시행마다 성공 확률과 실패 확률이라는 것이 있다. 환자가 나를 신뢰한다는 것은 고마운 일이지만, 그만큼 나를 더 긴장하게 했다. 또 내 담당 환자가 상태가 좋지 않은데 가연 씨가 나를 찾을 때면 더 빨리 시술을 끝내고 복귀해야 한다는 것이 압박이 되었다. 이런저런 복잡미묘한 감정들이 있었지만 잘 표현할 능력이 없어서 그냥 내색하지 못했다.

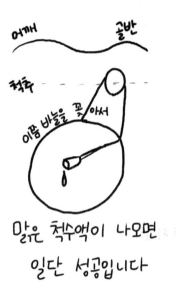

맑은 척수액이 나오면

일단 성공입니다

다행히 가연 씨는 항암 결과 뇌척수막 전이가 소실되어 더 이상 척추 항암을 하지 않아도 되게 되었다. 나는 그때 당시 가연 씨와는 다른 층의 병동에서 차트를 보고 있었는데 사복을 입은 가연 씨가 내게 다가왔다.

"선생님, 그동안 귀찮게 해서 죄송해요. 저도 간호사라 무리한 부탁인 것 알고 있었는데… 그동안 치료해 주셔서 정말 감사드립니다."

무리한 줄 알면서 부탁을 하는 사람의 마음은 어떤 마음일까. 그것을 한 단어로 줄이면 '간절함' 일 것이다. 치료가 잘 되었으면 하는 간절함, 부작용이 적었으면 하는 간절함, 더 건강하고 싶은 간절함….

좀 뜬금없는 얘기지만 나는 오디션 프로그램을 보는 것을 좋아한다. 참가자 중에는 남들보다 노래를 잘하는 사람, 춤을 잘 추는 사람도 있지만 유난히 '간절해 보이는' 사람이 있다. 이런 사람의 눈빛은 시청자를 끌어당긴다.

내가 가연 씨의 부탁을 거절하지 못한 것도 그 간절함이 전해졌기 때문이었을 것이다. 환자의 간절함을 못 본 체하는 의사가 되지 않게 해달라고, 오늘도 기도한다.

（에）

　십 대 때 TV에서 좋아하는 가수가 수상소감에서 '이번 앨범 준비는 정말 힘들었습니다.'라고 말하며 눈물을 흘리는 장면을 볼 때면, 꼭 내가 누군가를 힘들게 만들었다는 것 같아 그렇게 불편할 수가 없었다. 하지만 지금 와서 생각해 보면, 그것은 나의 밝은 음악을 사랑해 주었듯이 나의 어두운 제작과정도 사랑해 달라는 호소가 아니었을까?

　내가 삶에서 가장 위안이 되는 순간은, 단순히 멋지고 훌륭한 사람을 보는 것보다 평범하고 부족하지만 나와 닮은 구석이 있는 사람이 다소 무리인 듯 용감하게 자기 몫을 해내는 것을 보았을 때다. 좋아하는 영화감독이 재능이 없어 수년간 데뷔작을 거절당하다가 멋진 영화를 개봉하게 되었다는 이야기를 들을 때, 천재적인 가수가 많은 기획사에서 퇴짜 당하다가 끝끝내 데뷔한 이야기를 듣게 되었을 때, '아, 한 번에 완성되는 사람은 없고, 꿈을 품은 모든 사람은 훌륭한 원석이구나.' 하는 생각이 들면서 세상이 더 빛나 보였다. 감히 바라옵기는, 나의 이야기도 누군가에게 이러한 위로가 되었으면 좋겠다.

흔히 의사들 농담 중에 '수련 의국 쪽으로는 세수도 하지 마라'는 말이 있다. 그만큼 수련 시절의 기억은 혹독하기 때문에 떠올리기 싫다는 뜻이다. 나도 글을 쓰는 과정에서 기억하기 싫은 분위기나 사람이 떠올라 자주 중단하기도 하였다. 쉽지만은 않은 과정이었음을 고백한다. 하지만 글을 쓰면서 지나간 경험을 곰곰이 떠올려 보니, 그때의 상황이나 생각들이 체에 걸러지는 느낌을 받았고, 오래도록 기억하고 싶은 빛나는 기억들만 내 안에 남게 되었다. 그러다 보니 오히려 과거의 회진기록이나 단톡방 기록을 졸국 하자마자 전부 버린 것이 아깝기까지 하였다. 글을 위한 좋은 씨앗들이 될 수 있었을 텐데, 하고 말이다. 글 속에 나오는 인물의 이름은 전부 가명이고, 본인을 묘사한다는 생각이 들지 않게끔 각색되었지만, 학생 의사 때, 인턴 때, 전공의 때 경험한 실제 사건을 기반으로 하였다. 나는 전임병원과 수련병원이 다르기 때문에, 글 속에 등장하는 교수님이나 사건은 현재 재직 중인 병원 및 교수님과는 무관하다.

가장 먼저, 내가 만난 환자들께 감사하다. 나의 가족, 인턴 동기, 출판에 도움을 주신 분들, 이 책을 읽고 계신 당신께 감사하다. 눈치채신 분들도 있겠지만, 나는 마음이 단단한 사람은 아니다. 선배 의사의 날이 선 말에 눈물을 흘린 적도 많았고, 스스로 맞지 않는 옷을 입은 듯 불편한 수련 생활을 보냈다. 그 과정을 가까이에서 지켜보는 것 또한 고통스러운 과정이었을 것임을 알기에, 남편에게 특별히 감사하다. 끝으로 울고 웃던 수련 기간에 나의 가장 좋은 친구였던 스스로에게 감사와 존경의 인사를 전하고 싶다.

몸도, 마음도 아픈 사람이 없었으면 좋겠다. 진심으로 이렇게 생각한다. 아프다는 것은 고통스럽고, 소모

적이며, 비참하다. 이것이 얼마나 유치하고 불가능한 꿈인지 나는 잘 알고 있다. 하지만, 적어도 이 책을 읽는 동안이라도 몸도 마음도 아프지 않다면 그 바람이 마냥 어처구니없지는 않은 것 같다. 이렇게 우리는 보란 듯이, 우리의 건강한 시간을 늘려가자.

오늘도 아픈 그대에게

1판 1쇄 인쇄 2022년 2월 17일
1판 1쇄 발행 2022년 2월 24일

지은이 송월화

펴낸이 정용철 **편집인** 이경희, 김보현 **디자인** ⓒ단팥빵
제작 제이킴 **마케팅** 김창현 **홍보** 김한나 **표지일러스트** 송미라
인쇄 (주)금강인쇄

펴낸곳 도서출판 북산
등록 2010년 2월 24일 제2013-000122호
주소 서울시 강남구 역삼로 67길 20, 201호
전화 02-2267-7695 **팩스** 02-558-7695
홈페이지 www.glmachum.co.kr **이메일** glmachum@hanmail.net
블로그 blog.naver.com/e_booksan **페이스북** facebook.com/booksan25

ISBN 979-11-85769-50-9 03810